Para Ağacı

摇钱树

[土耳其]塞敏·雅萨尔　著

[土耳其]梅尔特·图根　绘

王上语琦　译

SPM 南方传媒 | 新世纪出版社

·广州·

图书在版编目（CIP）数据

摇钱树 / (土) 塞敏·雅萨尔著 ; (土) 梅尔特·图根绘 ; 王上语琦译. -- 广州 : 新世纪出版社, 2024.9.
ISBN 978-7-5583-4405-3

Ⅰ. I374.84

中国国家版本馆CIP数据核字第20242JP174号

广东省版权局著作权合同登记号　图字：19-2024-081

出 版 人：陈少波
责任编辑：耿　芸
责任校对：陈姣姣
责任技编：王　维
封面设计：何家仪

摇钱树
YAOQIANSHU
[土耳其] 塞敏·雅萨尔　著　[土耳其] 梅尔特·图根　绘　王上语琦　译

出版发行：SPM 南方传媒 | 新世纪出版社（广州市越秀区大沙头四马路12号2号楼）
经销：全国新华书店
印刷：三河市中晟雅豪印务有限公司
开本：880 mm×1230 mm　1/32
印张：6.125
字数：93千
版次：2024年9月第1版
印次：2024年9月第1次印刷
定价：35.00元

质量监督电话：020-83797655　购书咨询电话：010-65541379

目录

坐享其成，好逸恶劳

说起我与他的初次相遇，要追溯到小学三年级。那时候，我的爸爸和他的爸爸——萨米叔叔，在同一个单位上班。一天晚上，萨米叔叔盛情邀请我们全家去共进晚餐。我爸妈便带着家里最小的孩子，也就是我，作为客人出席了这场聚会。而我的哥哥姐姐们，则乖乖地留在了家里，没有一同前往。

说实话，我向来对去别人家做客这事儿有些抵触。因为每次出门前，妈妈总会像打扮洋娃娃一样，为我精心地梳妆一番。比如说，在我的头上扎满俏皮可爱的小辫子；往我的身上喷满香香的，甚至有点呛鼻的古龙水；等等。这让我很不自在！“哎呀，瞧瞧，这才像个淑女嘛！”妈妈笑得合不拢嘴，然后轻轻地在我的脸颊上印下一个温暖的吻。是啊是啊，我可不是变成淑女了嘛！

每次去别人家做客，对我而言都像是经历一场紧张刺激的冒险！面对不同的家庭，我总是要变换不同的角色。出去做客，通常有以下五种情况。

A. 去没有孩子的家庭

如果我们去拜访的叔叔阿姨家里没有孩子，我就要像个乖巧的小木偶一样，老老实实地坐在客厅的沙发上。可是，真的好无聊啊，我简直要无聊到发霉了！妈妈总是对我挤眉弄眼，仿佛在说：“宝贝，乖乖听话，别给大人捣乱哟！”动身回家之前，我总是按捺不住内心的急切，成百上千次地问：“我们什么时候走呀？”回家的路上，爸爸妈妈总是摇头叹气，无奈地念叨：“这孩子，你就不能学学人家某某某的女儿，安安静静地待一会儿吗？”一想到他们口中那个坐得像蜡烛一样笔直的小女孩，我就忍不住偷偷想，我肚子里是不是住着一只喜欢调皮捣蛋的小蠕虫，总是让我坐立难安呢？

B. 去有比我小的孩子的家庭

如果我们去拜访的叔叔阿姨家里有比我小的孩子，妈妈通常会让我带这个孩子“玩”。而且，她一定会笑眯眯地说出这个世界上我第二不喜欢听的话：“去吧，你是姐姐，陪小家伙玩一会儿。你不是很喜欢照顾小孩子吗？”我沉默不语，心里暗自嘀咕：什么叫“去吧，你是姐姐，陪小家伙玩一会儿”？虽然有点不情愿，但我也只能硬着头皮上。于是，我拿起小孩子的玩具筐，哗啦一下把里面的玩具全倒在地上。我带着小家伙玩水桶、玩具车、洋娃娃……这时，妈妈就会得意扬扬地说：“看，她多喜欢小孩子啊！我打赌她长大后会成为幼儿园老师呢！”是啊，当然，我肯定会的。

C. 去有比我大的孩子的家庭

如果我们去拜访的叔叔阿姨家里有比我大的孩子，爸爸妈妈会说出这个世界上我最不喜欢听的话：“宝贝，去和哥哥姐姐玩一会儿嘛，好不好？”可是，那些哥哥姐姐从来都不愿意和我一起玩。但是碍于爸爸妈妈的颜面，他们只能勉强同意了。我走进哥哥姐姐们的房间，他们头都不抬地忙着自己手头的事情，而我只能手足无措地待在一旁，心里默默祈祷时间快点过去。这一刻，时间仿佛静止了，我能感觉到空气中的尴尬。

D. 去有和我同龄的孩子的家庭

如果我们去拜访的叔叔阿姨家里有和我同龄的孩子，那可真是我梦寐以求的了！我们就像是找到了知音，只需短短几分钟的接触，就能迅速熟络起来。一旦玩开了，我就完全不想回家了，甚至会一再央求爸爸妈妈让我们再多玩一会儿。

E. 留在家里

如果爸爸妈妈没带我出门，那对我来说简直就是解放天性的大好时机！既然可以和我的邻居朋友们一起玩，又何必拘泥于家里的小天地呢？我会迫不及待地跑到街上找乐子去。

这一次，我不知道等待我的会是什么。眼前的这栋房子，看起来不像家里有小孩的样子。周围静悄悄的，一个人影都没有。当房子的女主人打开门时，她眼睛一亮，热情地对我说：“噢！好漂亮的小姑娘啊！快来和我儿子一起玩吧！”原来，这个阿姨家里有个男孩呢。

在我看来，上面五种情况中，“**E**”无疑是最佳选择。

就在这时，阿姨突然抓住了我的胳膊。

“快进来吧，和我儿子一起玩！拜托啦，就陪他玩一会儿嘛！你绝对想不到，他有一个多么漂亮的房间！各式各样的玩具琳琅满目，而且都是全新的，连包装都还没来得及拆呢。来来来，我这就带你去见识一下。我保证，你肯定会爱上那里的！”她一边眉飞色舞地说着，一边不由分说地拉着我往屋里走。

而我的房间，总是乱七八糟的，简直就是个“战场”。我和姐姐们挤在同一个房间里。我看过的书就像夜空中散落的星星，扔得到处都是；我玩过的玩具们也不甘示弱，东一个西一个地躺在地板上；更别提我脱下来的衣服了，它们是不会出现在脏衣篓里的。我的意思是，明明我扔的时候瞄准了脏衣篓，但它们总是调皮地跳到篓子旁边的地上。

每次妈妈走进我的房间，她都会瞪大眼睛喊道：“我的天哪，看看这个房间，真是太乱了！我这辈子从没见过像你这么不爱干净的小孩！而且还是个女孩子！你哥哥的房间都比你的整洁多了！”

每天早上，姐姐们都会把床铺收拾得井井有条。她们习惯把被子铺得平平整整，睡衣叠成四四方方的小块，乖乖地放在枕头下面。可是我嘛，我总是热衷于把睡衣、枕头、被子和床单团成一个大大的圆球。放学回家后，我就在上面跳来跳去，仿佛置身于一个超级蹦蹦床上，超级好玩！

我觉得呢，每个小孩子的房间都应该像我的一样乱糟糟的，这才对呢！房间里最好满地都是玩具，这样才能随时随地沉浸在玩耍的乐趣中；书嘛，就应该被翻得破破烂烂的，每页都沾满手印和零食渣，这样才是一本被认真读过的好书；至于足球嘛，形状扁扁的，才说明是一个被踢过激烈比赛的足

球；至于那些玩偶，头发被梳得乱七八糟，才显示出是我们真心喜欢、经常陪伴我们玩耍的好伙伴。这个道理万物皆可适用！

可是，这个男孩的房间和我的相比，真是天差地别！家具崭新得仿佛刚从工厂里生产出来，连一丝划痕都没有。角落里堆满没有拆封的玩具，甚至还裹着漂亮的包装纸。

如果这些新玩具是属于我的，我早就按捺不住内心的激动，迫不及待地撕开包装，看看里面藏着什么宝贝了。我还会把包装纸撕成小碎片，让它们像雪花一样纷纷扬扬地撒落在地板上。因为，我最受不了的事情就是慢慢撕开礼物包装上的胶带，那种磨磨蹭蹭的感觉简直让我心急如焚。

然而，这个男孩却对这些包装无动于衷，一个都没有动过。书柜里的书码放得整整齐齐，像一排排精神抖擞的

小士兵。桌子上有几十支铅笔，显然都是新买的，我连削笔刀都没看到。地毯上干干净净，一个玩具都没有，甚至连一粒灰尘都看不到。即使在爸爸妈妈的房间，我偶尔也能发现一些乱七八糟的东西。可是这里呢，整个房间一尘不染，比爸爸妈妈的房间还整洁，简直就像一家精心布置的商店！是的，是的，就像一个卖幼儿家具的橱窗，完美得让人无可挑剔！如果妈妈看到这个地方，她肯定会唠叨一路，赞不绝口的。

“你看看别人家的小孩，多么听话，房间收拾得井井有条。瞧瞧这地板，光滑得能当镜子使！再看看你的房间，简直就是个垃圾场。”我心里琢磨着，我得跟这个男孩交朋友。到时候，我俩一起把这个房间搅得一团糟，千万别让妈妈看到这里整洁的样子！可是，问题来了。这里怎么连个孩子的影子都没有呢？当我四处张望时，阿姨掀开了床上的被子，原来男孩正躲在被窝里睡大觉呢！

“起床啦，懒小子！我给你找了个新朋友。快来一起玩吧！”阿姨催促道。

就在这时，外面传来了妈妈的呼唤声。阿姨转过头来对我说：“宝贝，我马上回来，你先和他玩一会儿吧。”说完，她就匆匆去了客厅。这下，房间里只剩我和那个还在赖床的男孩了。我心想，我们得赶紧开始玩才行，于是我鼓起勇气，主动开了口。

“嘿，你睡着了吗？”我轻声地唤道。

“没有……”男孩迷迷糊糊地说。

“你是哪里不舒服吗？”我又关切地问。

“没有……”他用跟刚才一模一样的语气说道。

换作是我，不困也没有生病的话，怎么会躺在床上呢？看来，他一定是累坏了吧？

我说：“你是不是很累呀？”

“没有……”他回答。

我说：“那你想休息了？”

“没有……”他说。

“那你为什么还躺在床上呢，哥们儿？”我问道。

感觉他就像是一位久别重逢的老朋友，我忍不住想这么称呼他。你知道吗，在我们学校里，大家都亲切地互相称呼为“哥们儿”。有时候，我都想管哥哥、姐姐们，甚至是爸爸、妈妈也叫一声“哥们儿”呢！

“没什么。”男孩轻描淡写地说道。

没什么？那你这样躺着干吗呀？

“你的平板电脑呢？你把它放在哪里了？是不是藏在枕头底下了？快拿出来，我们一起玩吧！你不能一直这样躺着不动呀！我猜你妈妈没允许你玩吧？在我来之前，你是不是一直在玩平板电脑。我们突然进来，你吓得赶紧把它藏起来了？”我本想逗逗他，但又觉得不太合适。于是我放弃了这个念头，什么也没说。有时候，我也会突然变成爸妈那样，满脑子大人的想法！

男孩坐在床上，背后倚着软软的枕头。这时我才意识到，床上除了雪白的床单什么都没有，哪里有什么平板电脑的影子。我看着他，他也在盯着我，我们俩都有点摸不着头脑。

“你想玩游戏吗？你妈妈特意交代我们一起玩游戏呢。”我饶有兴趣地提议道。

哎呀，管他三七二十一呢！我本来就是为了玩游戏，才跑到这个房间的。如果不玩，妈妈肯定会生气的。说实话，我是个懂事的孩子。家里来客人的时候，小孩子们总是被安排到我的房间。妈妈会挑着眉说："让孩子们自己玩吧！"现在，我可是肩负了一个重大任务，得好好完成才行！

"不要……"男孩小声说道。

我不甘心，继续提议："那我们玩捉迷藏怎么样？或者下象棋、玩过家家、拆礼物、一起躺下打滚、翻跟头、唱歌、跳舞、摔跤、跑步、爬行、看书，甚至是扔袜子大战，怎么样？"我列举了一大堆，希望能引起他的兴趣。可是呢，他每个回答都是干脆利落的"不要！"。

显然，这个男孩真的什么都不想做呢。于是，我尝试转移话题："那要不我们还是聊聊学校里发生的事情吧。"其实，我也不知道该和这个男孩聊些什么，我只想表现得像从大人那里学来的一样，随便找个话题聊聊，打破这尴尬的气氛。

我问道：“你在哪里上学呀？”我觉得这是个挺不错的开场白。

他回答说：“我不上学。”

我惊讶地问：“什么？你不上学了吗？”

“不上！”他斩钉截铁地回答。

“怎么会这样？”我难以置信地问。

“就是没上学，我没有上学。”

“为什么？”我好奇地追问道。

“呃，因为我觉得很累。”

居然因为觉得累，就不去上学？这个理由真是好极了！我之前怎么没想到呢？对啊！每天在学校，我都觉得时间过得特别慢，无聊透顶了。从幼儿园算起，我已经上了好多年学了。我甚至开始怀疑，这学是不是永远都上不完了？每天回到家我都感觉身体被掏空，累得只想瘫在床上。但我从来没有勇气说：“我讨厌学校，我不想再上学了。”

就在这时，阿姨走了进来。我无奈耸了耸肩，面露难色。

“他就是不肯起床。”我摊了摊手，“我什么办法都试过了，他还是不起来。”

他妈妈也耸了耸肩，看起来有些烦恼。

“是啊，我也已经尝试很久了。”她叹了口气，“这么多年来，我费尽心思地想让他起床，可是怎么也叫不醒他，他像个小懒虫一样成天躺在那儿。”

然后，她温柔地拉起我的手，回到了客厅。在走廊里，她停下脚步，注视着我的眼睛。

“如果我也有一个像你这样的孩子就好了……”她的话语中充满羡慕之情。

哎呀呀！

如果我的妈妈对别人说出这样的话，我会多么伤心啊。每当看到其他小朋友和他们的爸爸妈妈亲密无间，我会羡慕地想“我要是能拥有这样的爸爸妈妈就好了”吗？

我的脑海里还是想着那个男孩。我真的很佩服他，能无忧无虑地呼呼大睡。对我而言，睡觉是一件难事。每天早上醒来，我总是像弹簧一样，嗖的一下从床上跳起来。有一次，我睡过头了，醒来时一看表已经九点了。我顿时哭得稀里哗啦，感觉一整天都被浪费掉了。要知道，我之前可是每天早上七点起床，然后尽情玩耍到晚上九点才心满意足地进入梦乡。

世界上所有的妈妈好像都喜欢做两件事：慷慨地赞美别人的孩子，带着些许愁容地抱怨自己的孩子。

我好奇地问阿姨："他每天都这样吗？"我就只问了这么一句。真的，别的什么都没说，只问了这个。

谁知，这句话竟一下打开了阿姨的话匣子，她开始倾筐倒箧地向我诉说内心的苦衷，她说道："这孩子一直都是这样，真是让人操心。他身体很健康，什么病都没有，却出奇地懒，太懒了。他从小就是这样，从来没变过。以前他睡在小小的婴儿床上，怎么哄都不肯起。现在他长大了，有了自己的大床，更是赖床成瘾。我们送他去学校，他总是嘟着嘴，满脸的不情愿。后来，我们特意请了老师来家里教他，结果他不喜欢那个老师。学会读书写字后，他就再也不肯继续学了，还振振有词地说：'反正我已经会读会写了，再学又有什么用呢？'他甚至连饭也不肯好好吃，就想证明他自己是对的。他只吃两三勺，剩下大半碗饭就不吃了，还说：‘反正都一样，我不想吃了。’有时候我亲自喂他，刚用勺子把饭舀到他嘴里，他就嚷嚷着：‘下巴好累，我不想动了。’甚至，他都不愿意跟我们说话，因为他的嘴巴也累了。”说到这里，阿姨的眼眶已经湿润了，声音也带着几分哽咽：“我真希望我的孩子能像你这样乖巧懂事，那该多好啊！”

这时，我突然感受到妈妈紧紧地环抱住了我。咦，这是怎么了？刚刚出门的时候，不是还因为我把家里搞得一团糟、一门心思地想吃面包、蹲在厕所的马桶上看书、嘴巴像机关枪一样不停地说话、问些无关紧要的问题而满脸怒气吗？难道现在她终于发现我的好了？

就在阿姨眼泪落下的那一刻，她的丈夫——萨米叔叔快步走过去，温柔地抱住了她。

他安慰道：“别哭了，亲爱的，别管那个懒小子了，我们已经尽力了。”

然后我们在客厅的沙发上坐了一会儿。征得叔叔阿姨的同意后，我便起身回家了。回到家里，我有好几次想要挟妈妈说：“你是不是想

看到我变得和那个男孩一样？”我还试图固执地对她说：“我要赖床，我不要上学。”

我原本以为妈妈会温柔地说：“别这样宝贝，我们很爱你，我保证不会再轻易对你发火了。我保证我们再也不会生你的气了。我保证我们会一直疼爱你。”然而，出乎意料的是，妈妈却一脸严肃地说：“你试试这么做的后果！我可不会像那个男孩的妈妈一样，一味地纵容自己的孩子。坐享其成，好逸恶劳！你不能再赖床了，快起来！快，回学校学习去，这才是你该做的事情。”

一个月后，我们得知了一个消息。萨米叔叔，也就是那个懒小子的爸爸被解雇了。爸爸告诉我们，工厂里发生了严重的纠纷，萨米叔叔受到了不公平的对待，最终失去了工作，无故被辞退了。

爸爸说：“那个大个子叔叔泣不成声，肩膀不停地颤抖，眼泪止不住地往下流。”

这是我们最后一次提起懒小子一家。时间就这样悄悄流逝，直到五年后的一天，命运让我们再次相遇……

有钱事成，
无钱事空

我们家并不是一个富裕的家庭。我的爸爸妈妈是工厂的工人，每天都在厂子里辛勤劳作。他们用汗水换来的收入，刚好能够支付房租、我和哥哥姐姐们的学费以及家里的日常开销。尽管如此，爸爸每个月还是会省出一些零花钱给我们。可是，妈妈总会巧妙地把这些零花钱“借走”，用来贴补家庭开支。日子就这样过了好多年。

每个月的月初，是爸爸妈妈发工资的日子。这一天，我们家总是格外热闹。因为这意味着我们可以出去吃一顿美味的烤肉大餐！这是我们一家人一月一度的奢侈享受，也是我们最期待的日子。每当这时，我们都会迫不及待地跑到烤肉店，品尝那香气扑鼻、口感鲜美的烤肉。

至于我的哥哥和两个姐姐，他们早就已经大学毕业，开始了自己的职业生涯。我则是还在紧张地准备中考。总之，家里的每一个人都从早到晚忙着自己的事情。早上，家里乱得像一锅粥。所有人都急匆匆地起床，争先恐后地洗脸刷牙、穿衣服、排队上厕所……然后狼吞虎咽地吃完早饭，迅速收拾好餐桌，一个接一个地冲出家门。妈妈、爸爸、哥哥和姐姐去上班，我去上学。等到傍晚时分，我们又都带着一身的疲惫，一个接一个地回到家中。

我的日子大多在学校度过，课堂上的时光像流水般不断流逝，学习的脚步似乎从未停歇。放学铃声响起，我和同学们依旧留在教室里，面对着堆积如山的习题，埋头苦干。夜幕降临，我才拖着疲惫的身躯回到家中，眼前还有一堆作业等着我去完成。备战中考的路上，我如同在茫茫题海中航行，只有不断前进，才能抵达知识的彼岸。

曾经，街头巷尾是我和朋友们嬉戏的乐园。我们无忧无虑地享受着童年的美好时光，欢声笑语回荡在大街小巷的每一个角落。如今，考试的压力让我难以抽出身来，和朋友们一起玩耍的日子变得屈指可数。有时候，妈妈会轻轻拉住我的手，温柔地说："宝贝，出去玩一会儿，放松一下吧。"

于是，我走出家门。如果幸运的话，我还能遇到其他和我一样渴望释放压力的小伙伴。我们一起跳绳、踢足球，感受阳光普照大地，尽情享受运动的快乐。每当尼里曼阿姨看到我在球场上奋力拼搏的身影时，她总会从窗户探出头来，惊讶地喊道："姑娘，回家吧！女孩怎么能踢足球呢？"如果尼里曼阿姨看着我长大，她就会明白：女孩可以做男孩能做的任何事。

当我宅在家里时，我会为了打发时间弹弹吉他，听悠扬的旋律轻轻响起；或是读读书，感受扑鼻而来的书香；也可能打打游戏，在另一个世界里驰骋风云。偶尔，灵感如泉水般涌动，我便舞动笔尖，将心中的奇妙构想一一捕捉在纸上。

我哥哥用他赚的第一笔钱给自己买了一部新手机，我本以为他会买其他更新奇的东西呢。但是不管怎么样……他慷慨地将旧手机赠予了我。

每一天，我们都过得忙碌且充实。不过，最近我们去烤肉店的次数多了起来。尤其是在我哥哥和姐姐拿到薪水的日子，那便是我们欢聚一堂的时刻。妈妈总是半开玩笑地抱怨："要是能把花在烤肉店的钱省下来，我们岂不是能享受一整个星期的美味佳肴？"

有一天，我们如往常一样去烤肉店吃饭。没想到的是，在那里遇到了我爸爸的老朋友——那位多年前和他在同一家工厂工作的萨米叔叔，也就是懒小子的爸爸……只见他手握一大串烤肉，正在和烤肉店老板讨价还价。

烤肉店老板忙得不可开交，他一边摆着手，一边说道："哎哟，先生，您是要把我这儿的烤肉一扫而空呀？不好意思了，您看，我这儿还有别的客人呢，我怎么向他们解释呢？难道我要告诉他们今天的烤肉已经售罄了吗？总不能让他们空手而归吧！"

萨米叔叔好像铁了心似的，他连连点头，固执地说："把烤肉都给我吧，我全要了，我全要了！"老板眨巴着眼，摇了摇头，幽默地回应道：“这些烤肉下面还没熟呢！先生，您要吃生肉吗？”

萨米叔叔显然并不在意，他豪气地说：“我会付钱的，对不对，老板？我不在乎是生是熟，只要能带走就行！你别管了！就跟其他顾客说，肉已经卖光了。这些钱够了吧，把烤肉给我打包吧。快点，别犹豫了。”说着他掏出一沓钞票放在了柜台上。老板看起来有些无奈，但最终还是收了钱，小心翼翼地从烤架上取下了烤肉。

当萨米叔叔心满意足地扛着一大串烤肉从我们身边经过时，他忽然眼睛一亮，认出了我们。

“嘿，希尔米老兄，你还好吗？好久不见！天哪，看你风采依旧，真是一点儿都没变。”

“变了，变了。岁月不饶人啊！但我一切都好，谢谢关心。萨米老弟，你过得怎么样？”爸爸笑着回应道，目光不由自主地落在了他手里的烤肉上。

接着，爸爸开始细数我们每个人的近况，他总是那么喜欢提起我们。我们都知道，这是他无比骄傲的事。

“谢天谢地，他们都长大了。我的大女儿聪明能干，

现在在一家工厂做人力资源管理的工作。我的二女儿，她当了公务员，在部里工作。我的儿子呢，他成了一名维护正义的警察。这是我最小的女儿，她正在备战今年的中考。感谢上天，他们都长大成人了。”爸爸转过头，好奇地问道，“对了，萨米，我记得您有一个和我家小女儿同龄的儿子。他现在怎么样呢？是不是也在准备考试？”

萨米叔叔笑着摇摇头：“我儿子啊，他可不需要准备任何考试。他运气太好了，已经赚了很多钱。我们现在的生活非常惬意，可以说是‘躺平’了。哈哈哈哈！他还是老样子，懒惰得很，不过现在他发财了！什么考试啊，就业啊，公务员啊，这些对他来说都不重要了。老兄，我们白白辛苦了这么多年。到头来，我被裁掉了。你看，这就是命运吧。我儿子运气好，发了财。他喜欢吃烤肉串，所以我买了很多烤肉。他只吃一点点，剩下的就扔了。但是无所谓，因为他有钱，这并不会影响我们的生活。天哪，我把烤肉都买光了，一点儿都没给你们留。如果你们想吃的话，我可以分你们一些。”说完，他把烤肉串放在了桌子上。

“不用了，谢谢！我们去别的地方吃。”听到这里，我们站了起来，转头去了另一家烤肉店。

吃饭的时候，爸爸突然开口了，他的眼神里闪烁着一种严肃又充满好奇的光芒。“看看人家萨米，当初他丢了工作。人能不工作吗？他还没到退休的年龄呢，他比我们还年轻。没退休怎么会不工作呢？”他顿了顿，好像在思考什么，然后接着说，“不工作的话，他们吃什么喝什么呢？”

妈妈说：“他们已经那么有钱了，为什么还要不停地工作呢？”爸爸冷笑道：“噢，不！就算他们发了财，赚了很多钱，就能歇着不工作吗？想象一下，每天早上醒来，应该去哪里呢？努兰，想想看，假如你没有工作，那是什么样的生活？那会把你逼疯的。”

妈妈点点头，好像有点懂了。爸爸继续问：“而且，如果没有工作，他们吃什么呀？喝什么呀？”我们回答道：“他们每天都吃烤肉。”爸爸听后，皱了皱眉头：“每天都吃烤肉，那得多腻啊！什么样的人能天天吃烤肉？”

我的脑海里一直盘旋着一个问题：那个总是懒洋洋的男孩，那个无所事事的男孩，那个不愿意起床的男孩，那个被人们称为懒小子的男孩，他是怎么变得如此富有的？难道发财真的这么容易吗？

如果发财真的那么容易，那为什么我们还要辛苦地工作呢？为什么爸爸每天都那么努力地工作，到头来还是发不了财？从我出生起，爸爸就一直在不停地工作，他从来没有停歇过。

爸爸摇着头说："太不可思议了！萨米那么大年纪被辞退了，还要承担一个家庭的重担！你猜他是怎么做的？他从口袋里掏出厚厚的一沓钞票，扔给烤肉店。如果这么多钱是他辛辛苦苦赚来的，他怎么可能那么轻易地花掉呢？我们再也不要去那家烤肉店了。"我听得津津有味，仿佛看到了爸爸眼中的愤怒和失望。他继续说道："我听得很清楚，一开始老板不肯卖给他。但是，当他掏出那一沓钱时，老板的眼睛立刻瞪得像铜铃一样大。没有什么是钱解决不了的，努兰。俗话说得好，有钱能使鬼推磨，无钱难倒英雄汉！"然后我们回了家。

勤耕不辍，
方得收获
抓住当下

烤肉店的香味还萦绕在心头，那个懒惰的男孩占据了我整晚的思绪。在休息室里，爸爸和妈妈正悠闲地品茶，爸爸还在抱怨萨米叔叔。我的姐姐们在厨房里，因为我要学习，她们已经在那里待了好几个月了。按理说，我本应在房间里做试卷，却怎么也集中不了精神。

自记事起，我的生活似乎总是围绕着学习转。朋友、老师、父母，无论何时何地，谈论的话题总是离不开考试。我们都在思考着同一个问题：

未来，我们会变成什么样的人？为了美好的未来，我们必须努力学习。

每周校长都会深情地告诉我们："你们是这个国家的未来。"

我们也会对自己说："我们是这个国家的未来。"然而，对于很多人来说，"国家的未来"这几个字究竟意味着什么呢？我们日复一日地听到这样的话，我们平静地在试卷、讲义和有解题方法的试题之间度过宝贵的青春年华。

辅导员老师曾经建议我们给十年后的自己写一封信。想象着十年后的自己会是什么样，我感到无比兴奋。那时候的我会在哪里？会从事什么样的工作？会遇到什么样的人？这些未知的未来让我充满期待。

从小，我就怀揣着一个甜美的梦想——成为一名面包师。每当我想象着在清晨亲手制作出松软香甜的面包，然后品尝它们时，我的心中就充满了无尽的喜悦和期待，为此我打算学习烹饪。然而，这个梦想在我家引起了长达两年的激烈争论。爸爸总是鼓励我设定更远大的目标。什么是"更远大的目标"？在我眼里，成为一个优秀的面包师就是最远大的目标。难道做面包师不好吗？它能让我每天都沉浸在面包的香气中，享受制作美食的乐趣。

如果爸爸的意思，只是让我做一个更好的面包师，那我也没有意见，爸爸似乎总是有他的道理。他认为我应该追求更高的薪资和更稳定的职业。可是我并不认同他的看法。

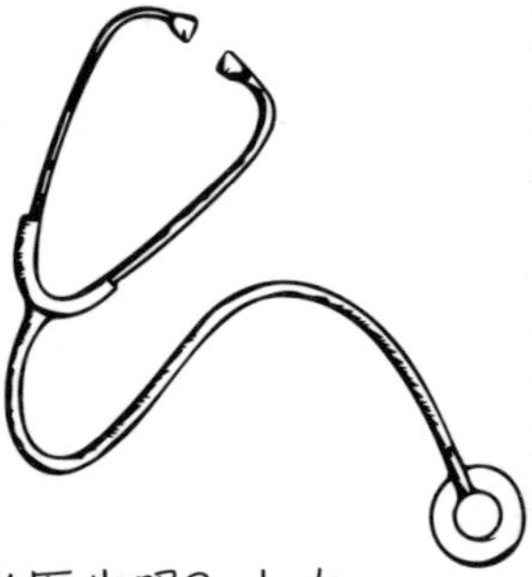

我知道他想让我当医生。

“当医生能赚很多钱。”他无数次这样说。

“爸爸，我晕血！”我抗议道，“每次一流鼻血，我就会晕倒。你真的认为我适合当医生吗？上大学还远着呢，爸爸。让我先读完高中吧。”

“好吧，但是你从现在开始就需要做决定，为自己的未来打下坚实的基础。”爸爸还是坚持他的观点。那段时间，我们每个晚上都会围绕这个话题展开激烈的讨论。

给十年后的自己写信很容易，但是，信该寄往何处呢？是遵循爸爸的期望，寄到我当医生的那家医院呢？还是按照我的憧憬，送到我梦想中的面包店呢？

还有，我为什么要给十年后的自己写信呢？这个问题让我困惑不解。不管是谁来家里，这个话题总是会被提起。大人们最关心的是孩子们未来的模样。他们总是好奇，孩子们长大后会成为什么样的人。

所有人都在问这个问题。然而，他们与孩子对话的能力也仅限于此。成年人与孩子的对话永远围绕着这三个问题展开：

“你多大了？”

“你的学习怎么样？”

“你长大后想做什么？”

但是，孩子们的世界远不止这三个问题那么简单。他们的生活丰富多彩，充满了各种各样的疑问和想象。我希望成年人能更多地了解孩子，提出更有深度的问题。比如：

“为什么年轻人时常感到不快乐？”

“你觉得没有校长的学校可能存在吗？”

“今天天气怎么样？”

当然，有些大人一见到孩子就立刻当起了老师。他们会突然提出一些复杂的数学问题，例如“如果一只羊有四条腿，那么八只羊有几只耳朵？”等等。

仿佛孩子们天生就是解决问题的小专家！事实上，如果你把一个真正的问题摆在孩子们面前，并且真心相信我们能够解决，我们往往能展现出惊人的智慧和创造力。

但是，显然大人们总觉得我们这些小孩子的脑袋里，装的都是一些简单的算术题，比如“艾依仙从农夫那里买了十二束欧芹，每束八里拉，一共花了多少钱？”。可他们哪里知道，我们甚至可以回答“如何在没有土壤的情况下种植欧芹”。现在网络这么发达，我们知道的东西，可比大人们想象的多得多呢！

总之，在我们家，所有的话题都围绕着我长大后的职业规划展开。爸爸总是说：“咱们将来学医吧。”说得好像他要和我一起上学似的。妈妈说：“首先，先让她读完高中，然后再学医。不过，我觉得当老师更适合咱家闺女。”怎么没有人问问我将来想要做什么呢？

有一天，我实在忍不住，鼓起勇气跟爸爸妈妈谈起这件事。我坚定地告诉他们："请不要干涉我的选择，请不要替我规划未来。"从那以后，每当有人提及此事，他们总是微笑着回应："我们还在考虑中。"其实，我内心渴望大喊："这是我的人生，我要自己决定！"可是，我是一个容易心软的人，我生怕言辞过于直接会伤害他们。因此，每当我想象自己被迫走上医学之路，恐惧便笼罩心头。

我就是那个被形容为"明明可以飞得更高，却总是选择在地上蹦跶"的小孩。你知道吗，其实我的数学成绩一直很优秀，但我总是刻意避开解答那些复杂的数学题，因为我担心一旦考得太好，大人们便会逼我走上学医之路。然而，我内心深处的梦想，是成为一名面包师，学习如何烘焙出香气四溢的面包。这就是我真正的梦想。我已经下定了决心，只是希望大人们能尊重我的选择。可是，我爸爸却不以为然地说："有面包师这个职业吗？那不就是做饭的吗？"他哪里懂得，面包师和厨子根本不是一回事。即便是一回事又有何不可呢？每当看到烤箱里的面团一点点膨胀起来，我就开心得快要飞起来！

对我而言，面包就如同奶奶的化身。奶奶制作的面

包，是我尝过的最美味的食物。以前，她细心地教我怎样揉面团，怎样烤制出香喷喷的面包。也是她教会了我揉面团和烤面包需要极大的耐心。

有一次，我提议：“我们去面包店或者烘焙店逛逛吧！”奶奶却微笑着摇摇头，说：“揉面团对我来说，就是一种放松。虽然手臂会累，但它带来的满足感是无与伦比的。勤耕不辍，方得收获。自己亲手做出来的食物总带着一份特别的香甜。”每逢假期，爸爸妈妈总会把我送到奶奶家。但是，自从我开始为升学考试埋头苦读，就再也没有时间去村里玩儿了。我很想念奶奶，更想念奶奶做的香气扑鼻的面包。

烘焙对我而言，不仅是一项手艺，更是一种对心灵的抚慰。每当看到面团在我手中逐渐成形，或是闻到烘烤过程中弥漫整个房间的诱人香味，那种满足感简直无法言喻。

记得两年前我刚开始尝试烘焙的时候，爸爸妈妈看着我认真的模样，不禁露出了惊异的表情。他们半信半疑地说：“你这么小，烤出来的面包能吃吗？”好像烤面包是成年人的专利一样！但当那些热腾腾、金灿灿的面包从烤箱里端出来时，他们的眼神立刻就变了。

八年级那年，我对烘焙的热情似乎触犯了家长的底线。他们严厉地禁止我再烤面包，因为他们认为我应该把所有精力都投入学习和考试中，而不是把时间浪费在揉面团上。在他们眼里，书本才是通往成功的唯一道路。

然而，我的思绪总被那个懒小子占据。他从不学习，也不准备考试，仅仅是躺着就轻轻松松地走上了致富之路。夜深了，我躺在床上翻来覆去，无法入眠。我开始怀疑，是不是真的只有通过考试和学习才能获得成功？这个男孩，他到底经历了什么？他是怎么找到属于自己的道路的？这些问题在我脑海中盘旋，直到天亮。

爸爸给我讲过一个我们家族的传奇故事：我们的远亲曾经在田野里意外发现过一个古老的墓穴，从中挖出了几罐闪闪发光的金子。这个故事伴随着我成长，成为童年记忆中的一部分。然而，金子带来的并非

只有喜悦，更多的是无尽的烦恼。每当提起这个话题，妈妈总是会模仿着古时的妇女，一只手放在耳边，另一只手敲打身边的木板，嘴里发出“哦，天哪，我不想要那样的钱”的叹息，仿佛在拒绝那笔从天而降的财富。

也许那个男孩也找到了一个隐蔽的墓穴。但是，如果想要挖掘出埋藏在地下的宝藏，非得费尽九牛二虎之力不可。我难以想象：一个连床都懒得起的小懒虫，会有力气掘地三尺，寻找未知的财宝吗？

也许，那个男孩的运气出奇地好，仅凭一根雪糕棍就发了财。想象一下，他随手用雪糕棍上的抽奖号码发送了一条短信，然后中了一辆豪华轿车。也是有可能的吧？

我们家隔很久才买一次雪糕。每当我想发送雪糕棍上的抽奖号码时，爸爸总是会用一种近乎咆哮的声音命令我："快把那根棍子放回去，我才不会开着中奖的豪车回家呢！要是有人问我们是怎么买到这辆车的，我们该怎么回答？难道说是因为吃了雪糕吗？"爸爸的担忧虽然有些道理，但我们也只是想想而已，毕竟现实和想象之间还是有很大的差距的。

相比之下，萨米叔叔就显得开明多了。他允许那个男孩发送雪糕棍上的抽奖号码，于是他们真的变成了有钱人！但是归根结底，即使是卖掉一辆豪华轿车的钱，也终究有花光的一天。如果不努力工作，总有一天会坐吃山空。这样的话，他们就不会买穿好的烤肉了。

也许，这个男孩从他爷爷那里继承了一笔丰厚的遗产。毕竟，不可能是他爸爸的遗产。因为萨米叔叔还活着，他只可能继承爷爷的遗产。但是，他爷爷的遗产也落不到他头上，理应留给萨米叔叔才对。萨米叔叔说的是"我的儿子发财了"，他并没有说他自己发财了。这样一来，我排除了这个男孩继承遗产的可能性。

我想起了我们家族中的另一位成员——内克米叔叔。他从事外贸生意，是家族中最富有的人。他的收入不像我们家那样按月到账，内克米叔叔常说："干得越多，挣得越多！"他的生活节奏快且充实，几乎从不停歇。他不参加任何家庭聚餐，我的婶婶说："见你叔叔比登天还难！他总是忙于工作，连我们都很少有机会见到他。"

也许那个懒小子也在做生意，但我可不这么认为。众所周知，做生意需要勤奋努力地工作。对于这个男孩来说，是不大可能的。

这个男孩究竟是如何凭借懒惰成就一番事业的？难道他掌握了某种神秘的财富密码？人们日出而作，日落而息，赚的钱却只能勉强维持生计。我决心揭开这个秘密。当然，就算我找到了答案，也不会效仿他的做法。

假如我真的想找到答案，或许会在网上搜寻"富商秘诀"，或者去书店购买"致富十部曲"之类的书籍。但现实是，我连买这些书的钱都没有。

如果我真的拿着这样的书回家，妈妈会责备我："你竟然把零花钱都花在这上面，真是不知羞耻！”然后她会把我和书一起赶出家门。更何况，我追求的并不是金钱本身，而是那种无须付出辛勤劳动就能获得财富的方法。我只是想知道，一个懒人究竟是如何走向成功的。我在苦苦寻找答案。

我无精打采地抓起手机，打算在社交软件上消磨一会儿时光。（我每天玩手机的时间限额只有四十五分钟。到了第四十六分钟，我就感到一阵莫名的恐慌，仿佛所有老师都在盯着我看。）在我关注的一个账号下面，我瞥见了一条评论。这条评论称：“背负信用卡债务的女士们、先生们，我们保证你不用工作、不用出门，就能轻松赚钱！之前，我甚至不知道自己欠了多少钱。直到我遇到他，他帮我把手里的钱翻了好几番！加入我们的团队，让你的财富翻十倍！”

我不禁想，真的有人会相信这些天花乱坠的承诺，真的有人会加入他们的团队吗？也许那个懒小子也被这诱人的承诺吸引，加入了他们。评论中承诺不用工作，足不出户就能赚钱。但是，那只是承诺而已。如果赚钱真的有那么容易，为什么还要留下这条评论呢？

一开始我还觉得，如果财富瞬间能翻十倍，还要求什么呢？然后我突然想起自己钱包里那可怜巴巴的几张钞票。即使不仅翻十倍，而是翻一千倍，我还是不会变得富有。所以，那个懒小子肯定本来就有很多钱。

我喜欢在晨光中开启一天的学习，所以我把手表的闹钟设定在早上五点。清晨我可以在家学习三个小时，直到八点钟再去上学。无论是上学前的静心学习，还是放学后的深入钻研，都是我的爱好之一。

我的脑海中浮现出那个还在沉睡的懒小子。他现在一定正舒适地躺在床上，享受着梦乡的美好，不必背负考试的压力，也不必忧虑未来的挑战。他似乎从未参与过这场

竞赛，或许他根本就不屑一顾。没关系，我心中暗自窃喜，因为一个竞争对手被淘汰了。我希望所有孩子都能拥有充足的财富，这样就只有我一个人参加考试了。

那天在学校里，我怎么也忘不了那个男孩。我想象着他躺在床上，任由金钱如流水般涌入他的钱包。他甚至懒得亲自数钱，而是购买了一台自动点钞机放在床边。那台机器嗡嗡作响，热火朝天地工作着，一刻不停地清点着他的财富。而他则躺在床上，悠闲地对妈妈说："妈妈，把钱放进机器里。"他的妈妈欣喜若狂地将一沓沓钞票放入机器中，口中称赞着："我的宝贝，你真是我的英雄！"阿姨现在一定很喜欢她的孩子。呀！我不禁想起她曾经说过的话："我讨厌这个懒惰的孩子！"怎么回事？如今，他的财富让阿姨改变态度了吗？

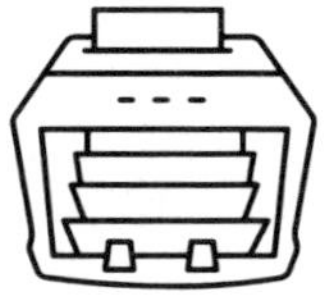

我对我想象中的懒小子和他妈妈的态度感到愤慨！不，不是对有钱人的不满，这有什么关系？

就比如我的同学伊米特，他家境殷实，他爸爸经营着一家画廊。从伊米特的穿着打扮中，我们不难窥见他们家的优渥生活。但我对伊米特有什么怨言吗？一点也没有。他爸爸从早忙到晚，日复一日地辛勤工作。伊米特的暑假总是在他爸爸的画廊里度过。如果伊米特整天懒散地躺在床上，我恐怕也会非常生气。我对待愤怒是很公正的。我只是想不明白，为何懒惰竟能催生财富？

放学后，我把这件事情告诉了我的朋友麦特。我向他描述了那个懒小子，还有我们偶遇萨米叔叔和烤肉事件的经过。“哎哟！”麦特不假思索地说，“如果他富有到买穿好的烤肉，那肯定是有钱人了。朋友，你说的是不是100克烤肉串啊。”

我也是这么想的，但他们究竟是如何积累起如此巨大的财富的呢？

“也许……”麦特若有所思地说，“那个懒小子出名了。”

这个想法犹如一道闪电，瞬间点亮了我的脑海。对啊，我怎么没想到这个可能性？那个懒小子，可能他真的成了名人！在我们的印象中，名人总是与财富挂钩的。没有人关注他们是如何获得成功的，仿佛他们天生就拥有

无尽的金钱和荣耀。人们只关注结果。但他为什么会出名呢？

“著名”是形容词，它后面必须紧跟各种名词，比如著名歌手、著名演员、著名戏剧家、著名烤肉串小贩、著名甜点师、著名作家、著名画家……那么，这个懒小子到底是因为什么而出名的呢？难道他是因为懒惰而走红的吗？这听起来似乎有些荒谬，但也不是完全没有可能。

我们生活在一个信息爆炸的时代，网络上充斥着各种

各样的内容。有些人通过拍摄无厘头的视频而一夜成名，也许这个懒小子就是其中之一。是啊，是啊，这是肯定的，绝对是这么回事。他或许只是随手拍了一些有趣的视频，上传到网络上，然后就火了。

然而，仔细想想，这也不是一件容易的事。要想在网络上脱颖而出，必须有独特的创意和才华。总不能躺在床上就轻松发财吧？这个问题快把我逼疯了，这个懒小子到底是怎么发财的？怎么发财的？怎么发财的？怎么发财的？

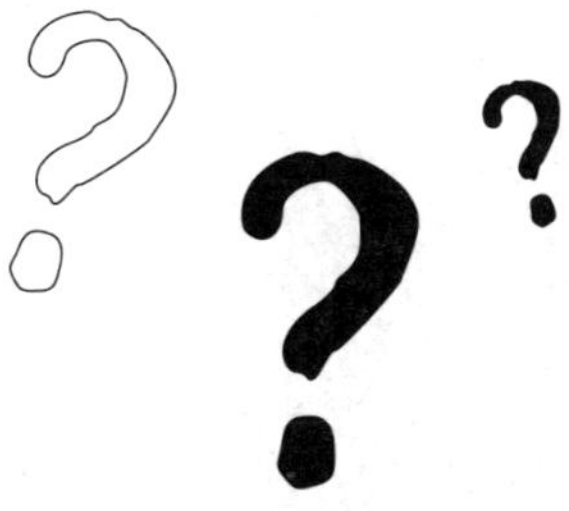

事非经过，不知难易

一个星期以来，我的脑海里全是那个懒小子的身影。他的存在感如此强烈，让我无法集中精力学习。书本上的字句仿佛在我眼前跳舞一般，变得模糊不清。我开始读不懂题目，似乎每道题都和那个懒小子有关。

比如，题干开头写的是“把五十二千克和七十千克的两袋扁豆分成重量相等的两袋……”而我的大脑会把问题看成“把五十二千克和七十千克的两袋黄金分成大小相等的两袋，懒小子需要多少袋子？”

显然“懒小子到底是怎么发财的”这个问题在我脑海

中萦绕，让我无法专心。

我知道，唯一的解决办法就是找到五六年前我第一次、也是最后一次见的那个男孩，当面问问他是怎么轻松致富的。如果发财真的那么容易，我们早就成为富翁了，但不是也没有吗？也许，爸爸妈妈不会允许我做这种闲事。而且，即使他们允许，我也不想做这样的事。毕竟，学习的时间是宝贵的，该学习的时候就得学习。

就在我一筹莫展的时候，机会来了。我的土耳其语老师给我们布置了一项有趣的作业，让我们就自己感兴趣的话题采访一位专家。我脑海中灵光一闪。对我来说，“懒小子很有钱”就是个有趣的话题。他在这个年纪就腰缠万贯，必定有着独到的见解。难道不能被视为专家吗？

我迫不及待地向爸爸寻求帮助。

“爸爸，你有萨米叔叔的联系方式吗？”

“哪个萨米？”爸爸疑惑地挠了挠头。

“就是那个我们都知道的有钱的萨米。”我急切地解释道。

“哦！失业了的萨米。”

“对！我说的就是那位曾经失业但依旧富有的萨米。您有他的电话吗？”

“有啊，你打算干什么？”

“我想打电话找他儿子。”我兴奋地说。

“那个有钱的儿子？”爸爸好奇地追问。

“那个懒小子。”我点了点头，说道。

“我说的就是：你要做什么？你想知道什么？”

“我想知道他是怎么发财的。”

“呃，你想像他一样有钱吗？”

“当然不是，我想知道他怎么能那么懒还那么有钱。”

爸爸沉思片刻，然后问：“那你也想变得像他一样懒吗？”

我摇了摇头：“不，爸爸。我有一个土耳其语作业，需要采访一个有趣的话题。我只会问他三五个问题。”

“好吧，我这就把他的电话号码给你。你顺便告诉萨米，我们工厂正急需人手，如果他需要工作的话，随时欢迎他回来。我会帮他跟负责人说一声，给他留个位置。别让他总闲着。”

爸爸不能容忍任何人闲着，他总是希望每个人都能忙碌起来。他自己也是如此，即使是星期天也要工作。那是他唯一不用上班的日子，他也总是在拉西姆哥哥的咖啡馆里帮忙卖茶。

“好的，爸爸，我一定会转告萨米叔叔。”我答应道。

接着，我拨通了萨米叔叔的电话，寒暄过后，我试探着问他近况如何。

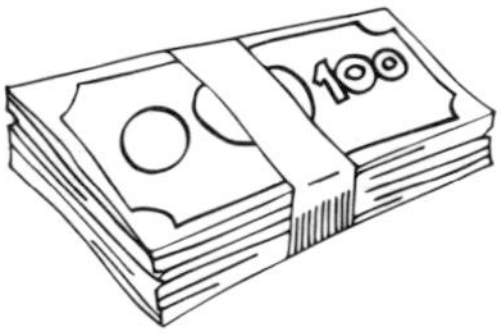

他却突然来了一句：“你不会是来向我借钱的吧，小家伙？”

什么？借钱？我愣住了，连忙否认：“不不不，萨米叔叔，您误会了！如果我爸爸知道了，他肯定不会让我这么做的，也不会让您知道这件事。但我必须澄清，我们家不欠任何人钱，也不需要借钱。谢天谢地，我们家有五份稳定的收入，我们生活无忧，什么都不缺。所以，请您千万别让我爸爸听到您这样说。”

“对不起，孩子。自从我们发了财，电话铃声就没停过。每个人都想来分一杯羹，所以我们变得非常谨慎。不然的话，否则，我能不了解希尔米是什么人吗？”

希尔米吗？他以前总是亲切地称我爸爸为希尔米老兄。现在却直接叫他希尔米了？真是世事难料啊！有钱了，连辈分都大了。

“我明白，萨米叔叔。我只是想找一个有钱人做个简短的访谈，如果您儿子方便的话，能否让他抽空和我聊几句？我需要完成一个采访，这是我学校的作业。”

事实上，老师要求我们采访某个领域的专家。但我并没有说是专家，而是选择说“有钱人”这个身份。我猜想，也许萨米叔叔更喜欢这样的称呼。

“他有空，他有空。他整天无所事事，从早到晚躺在那里。啊哈！他现在就躺在门口呢，你过来采访他吧！不过，他有时候连话都懒得说。来吧，如果他愿意开口，他会告诉你我们是如何克服重重困难才走到今天的。人们只看到表面的风光，却不知道我们背后经历了怎样的艰辛。呃，事非经过，不知难易。”

看来他还是老样子，这正是我想听到的。既然他没有丝毫改变，那他是如何变得如此富有的呢？第二天是周末，我决定去一探究竟。

早晨，我匆匆吃完早饭，就便踏上了前往懒小子家的路。我们居住在城市的中心，四周环绕着各式各样的房屋、车辆、招牌和人群。有趣的是，无论是富人还是穷人，都会倾向于选择远离城市生活。如果住得很偏僻，要么是腰缠万贯，要么是一贫如洗……

懒小子家离市区很远，大约需要一个小时的车程。终于我意识到，我要去的地方就在我们以前的家附近。也就是说，他们并没有因为发了财，就搬离这个社区。然而，他们在房子周围筑起了高高的围墙——巨大的砖墙，有两人多高。门前矗立着一个保安厅，里面有一名保安。我走上前，礼貌地说："我想见萨米叔叔。"

保安头也不抬，冷漠地回答："我们这里不接待访客，请你离开。"

等等，您怎么会在这里！

我惊讶地发现，我面前的这名保安竟然是我的叔叔哈姆迪。他曾经是一家律师事务所的茶水工，自信满满地声称自己掌管着国家的司法大权。每次家庭聚会上，他总是慷慨激昂地说着诸如此类的话：“我国宪法中没有这样的条款！”“这在法律上是不可能的！”“法律上没有这样的规定！”他的言语中，透露出一种不容置疑的权威，我心想，即使是专业的律师也未必敢如此断言。

我坚持道：“我只是想见见萨米叔叔，并不是想向他借钱。”或许我应该用更为尊敬的称呼，于是我再次开口道：“我要见萨米先生。”

“不，他不会见你的。快走吧！”哈姆迪叔叔态度坚决地推了我一把。

“可是我和萨米先生有约在先，他正在等我呢。让我给他打个电话吧！”我试图说服他。

哈姆迪叔叔停下脚步，脸上露出一丝疑惑。当我用尊称“先生”称呼萨米叔叔之后，他的态度似乎有所缓和。他翻开电话簿，拨通了萨米叔叔的电话号码。

“有个又穷又可怜的小女孩想见你。”他对着电话说道。

“又穷又可怜？算了，管他呢！”我心想。

哈姆迪叔叔犹豫了一会儿，然后终于点了点头，让我踏进了这片神秘的领地。一幅绝美的景象在我眼前展开：花园两侧，悬挂着轻盈飘逸的纱帐，仿佛置身于一条梦幻的薄纱小径中，我缓缓走向那座宏伟的房子。这情景让我想起了在社交媒体上看到的高级酒店里的景象，真是奢华又迷人。

我心想，这个懒小子一定是赚了大钱，才把自己的家打造成这般模样。嗯，随他去吧，反正我可不会因此而嫉妒。

萨米叔叔正站在纱帐小径的尽头迎接我。

他一边穿鞋，一边对我说："嘿，你来得正好！我正准备出去呢，我要去买美味的烤肉串了。他妈妈在睡觉，她昨天值了一整晚的班，没有休息。你动静小一点，别吵醒她啊。你自己进去吧，那个懒小子就在里面。记得帮我向你爸爸问个好哟。"

我之所以管这个男孩叫懒小子，是因为我不知道他的名字。奇怪的是，他的爸爸也叫他懒小子。难道他们从来没有给这个男孩取过一个正式的名字吗？此外，我还在猜测他妈妈昨晚值的是什么班？护士、医生、警察、药剂师……都有可能。

萨米叔叔从我身边走了过去。我迈进房子，穿过走廊，看到懒小子正坐在我对面。我不禁感叹，与上次见面时相比，他的确有了不小的进步。这次，他并没有像以往那样躺着，而是坐在沙发上。不过，他将双脚搭在茶几上，脚下还垫着柔软的枕头。看他那舒适惬意的样子，真是令人羡慕！

我主动打了招呼："你好！"

懒小子只是含糊地应了一声："嗯……"

我接着说："你好。你还记得我吗？"其实，我知道他不太可能记得我，因为我们之间从未有过深入的交往。

他坦然地说："不记得……"这与我预料中的答案完全一致。

此刻，我开始思索如何才能让这个男孩回想起我们曾经的交集。毕竟，我们只是在小时候见过一次面啊。

“我是你儿时的朋友。”我试图唤起他的记忆，“我是说，我们小时候见过，我和家人一起来过你家。但那天你一直躺在床上，所以我们没有一起玩耍。我还邀请你一起玩游戏，一起打开那些未拆封的礼物，你还记得这些吗？”

“我记得，你就是那个女孩。”他终于认出我了，“从那以后，再也没有小孩来过我们家了。”他说。

听到他的话，我既感到悲伤又感到欣慰。悲伤的是，我们之间从未真正建立起深厚的友谊；而欣慰的是，在这个孤独的男孩心中，我或许是他唯一的朋友。

“你想要什么，钱吗？”他面无表情地问。

看看他们！他爸爸、那名保安，以及他自己，都用一种异样的眼光看着我，仿佛我是个贪图钱财的乞丐。这让我心里有些不是滋味，我真想大声告诉他们：“我看起来像那种只看重钱的人吗？”

我深吸一口气，尽量让自己保持冷静，然后回答道：“我不要钱，要钱有什么用呢？我们家又不是没钱。我来找你，是想问你一个问题。”

他愣了一下，似乎没想到我会这么说，然后点了点头，示意我继续说下去。

“听你爸爸说，你发财了。我真的很好奇，你到底是怎么变得这么富有的？你别误会，我可不是来向你讨教发财秘诀的。我对钱没什么兴趣，我只是很好奇，你怎么赚到了这么多钱？”我继续解释道，“我身边的每个人都像勤劳的小蚂蚁，从早到晚不知疲倦地工作。每天清晨闹钟一响，他们就像被上了发条一样，从温暖的被窝中爬起来，开始了新的一天的劳作。你能想象吗？这样的早晨，要重复上演无数次，毫无新意。他们的脸上写满了疲惫和无奈，仿佛生活就是一场永无止境的战斗。工作，对于他们来说，只是一种谋生的手段，并非生活的乐趣。他们为了那碎银几两，忍受着工作的苦和累，忍受着与同事的摩擦、与老板的矛盾。所有人都在勉强度日，他们的大部分时间在抱怨和不满中度过，快乐是那么遥不可及。

“我真的不敢想象，一周七天里，有六天都在做着自己不喜欢的工作。只有星期天，他们才能暂时摆脱束缚，做自己感兴趣的事。这样算下来，一年五十二个星期天，就成了他们生活的全部。其余的日子，都在等待那个星期天的到来。这对我来说太可怕了！

“然而，那些热爱自己工作的人就截然不同了。他们仿佛永远都充满了活力和激情。工作对他们来说，就像是一场永无止境的冒险。他们享受每一个瞬间，珍惜每一次挑战。他们从不抱怨，因为他们知道，只有付出才有收获。他们的每一天都像是节日一样充实且美好。我深深地相信，他们之所以能够成功，是因为他们找到了自己热爱的事业。他们在工作中找到了乐趣和成就感，也因此获得了丰厚的回报。我常常想，如果我也能像他们一样，享受工作的乐趣，追求自己的梦想，那该有多好啊！这就是我梦寐以求的生活。”

我稍微喘了口气，继续迫切地追问道：

“就在几天前，我们偶然遇到了你的爸爸。他告诉我们，你现在变得特别有钱，这让我们都感到非常惊讶。我们并不是嫉妒你，只是很好奇。我是这么想的，不管人们是不是喜欢自己的工作，都在拼命工作。可你是如何不劳而获的呢？你爸爸也辞职了，如果没有人工作，钱从哪里来呢？你到底做了什么？你的秘诀是什么？”

我说得多好啊！我的老师常常夸赞我：“你的语言表达能力真的很强。”那当然了，我花费了好几年的时间学习土耳其语，怎么可能是徒劳无功的呢？我那么认真地上土耳其语课，不仅仅是为了应付考试，更是为了把土耳其语讲好。现在看来，这项技能还挺有用的。在需要的时候，我能够像夜莺一样婉转地歌唱，用优美的语言表达自己的观点。让这个男孩明白我的问题，我想知道他的工作到底是什么。

他一直凝视着窗外，脸上挂着淡淡的微笑。如果我是他的话，我也会忍不住微笑的。想象一下，你不动声色地发了财，而那个与你只有过一面之缘的人正在为你的成功感到惊讶和好奇，特地前来采访你。这的确有点滑稽。

就在这时，懒小子突然叹了一口气。他的目光依旧望向远方。我开始怀疑他是不是在耍大牌，故意摆出一副高冷的姿态。但很快我发现，他的眼角湿润了，竟然流下了眼泪。他为什么会哭呢？

那个懒小子真的在哭……

我说什么了？我没有说他的钱是偷来的，他为什么哭了？

我心中涌起一股莫名的情愫，赶紧开口询问：“对不起，哥们儿，我说错什么了吗？你怎么突然哭起来了？”他没有立刻回答，而是走到我面前，紧紧地抱住了我。

我愣在原地，不知道该做何反应。拜托，别这样。尽管你很懒，但也发财了，不是吗？你都这么有钱了，应该感到快乐啊。怎么又哭又笑的，还紧紧抱着我不肯撒手呢？

我曾经看到过这样一句话：“当有人拥抱你时，千万不要先松开你的手臂。”这是我姐姐常常挂在嘴边的话。她喜欢把这些话抄在冰箱门上面，也许我正是在那里无意间瞥见的。总之，我并没有挣脱他的怀抱，反而也紧紧地

回拥着他。我们就像两颗迷失已久的星星，在这一刻找到了彼此，成了最亲密的朋友。

“一切都会过去的，”我轻声安慰道，“别担心！”

然而，话音刚落，我突然意识到自己的话是多么苍白无力。

什么会过去呀?

一切都会过去吗？是现在这种富裕安逸的日子终会过去？我是想说我们都将回归平凡吗？

“我全都会告诉你的，我真的无处诉说。”懒小子低声说道。

我心中默默嘀咕：哎呀，这不正是那些有钱人常爱挂在嘴边的抱怨吗？“我很孤单！”每次在电视上看到大富豪们接受采访，他们都会这样说。钱对他们来说好像并不是最重要的，最重要的是能找到一个真正的知音。懒小子显然也是对此颇感兴趣。

“等等，你还年轻。只要你愿意迈出家门，朋友自然会络绎不绝。但是你整天躺在床上，别人怎么找得到你呢？”这些话我说不出口。因为我知道，现在最重要的是搞清楚这笔财富的来源，而不是讨论这个懒小子的心理状态。

我尽量让自己的声音听起来平静且富有耐心：“说吧，我在听。”

这么多年来，学校的辅导员总是告诉我们，大多数时候她只是倾听。在向她倾诉的同时，我们也在自己寻找答案。我知道，把心里话说出来会让人感觉轻松许多。我想：“嘿，敞开心扉地聊一聊吧！”

懒小子擦干了眼泪，点了点头，说道：“让我坐会儿吧，我累了。”

看他那副样子，我心里不由得想：你能有多累？你只不过是站起来抱了我一下，掉了三滴眼泪而已。这就累到你了？如果你不嫌弃，我可以替你哭！

懒小子坐下后，开始缓缓地向我诉说他的故事。

“其实我也不想这样。很久之前，也就是认识你之前，当我还是个小不点儿的时候，一切都是妈妈在操心。那时，无论我想尝试做什么，我妈妈总是抢先一步说：‘你别费心了，这事儿你搞不定的，我来就行了。’她从不曾催促我做任何事。为什么呢？因为她总认为我做不好。”

我愣住了！我问的是：“你是怎么发财的？”他却开始讲述儿时的往事。天哪！他怎么不从出生那天讲起呢？如果讲到一半他累了的话，我岂不是要听上个两年？我可

是费了好大的劲儿，走了一个钟头才到他家的！不值得这么大费周章吧！我在心里默默祈祷，但愿他能一口气说完。

他继续回忆道：“每次我想动手做点什么，妈妈总是比我快一步插嘴说：‘你做不好的，我来吧。’他们看不惯我做的任何事。比如，我洗完手，她会凑上来说：‘伸出来，让我看看，你真的洗手了吗？’我刚刷完牙，她要闻闻我的嘴巴。她好像从来不相信我自己能做好。我告诉她我吃饱了，她还非要用手摸摸我的肚子，说：‘再吃点吧！’在妈妈眼里，我就像个连自己饿了还是饱了都分不

清的小傻瓜。所以我渐渐放弃了自食其力，你明白我的意思吗？反正我做什么他们都看不顺眼。我说：‘那你们来吧，我不做了。’最后我索性什么都不做了，我就是这么固执。”

看看这倔强的小家伙。他正憋着一股劲儿生他爸妈的气呢！甚至宁愿放弃整个生活！拜托，饶了我吧！

“刚开始，这确实给我省了很多麻烦。”他嘟囔着说，“他们给我提供了我所需要的一切，我不用做任何事。这下，我的绰号‘懒小子’就传开了。其实，如果他们当初让我自己动手，我就不会变成现在这样了。是他们把我惯成了这个样子，我的童年几乎全都在家里度过，像一条冬眠的虫子……”

我心里为这个懒小子感到难过。也许他说的是对的。每个家庭都有自己的生活方式，我们都是在家里学会照顾自己的。我们家有四个孩子，实在有太多活要干，爸爸妈妈总是忙得团团转，所以我们从小就养成了自己动手做家务的习惯。我们很小的时候就学会了自己洗衣服、熨衣服、摆桌子等等。

比如说，我炖肉的本事之高可不是吹的，简直就像小宝宝吮吸手指那样自然而熟练。但肉必须是新鲜的。如果炖得不好，浪费了肉，妈妈就会大发雷霆，所以炖肉的过程压力很大。不过，我炖出来的肉总是美味可口。我会用柠檬和蛋黄调味，再撒上一些黑胡椒碎——可不是黑胡椒粉——味道简直好得让人陶醉！

总之，让我接着往下听吧。这个懒小子休息好了，我们的故事继续。

“他们的批评像连绵不断的雨滴，整整一天都在我耳边回荡。他们总是拿别人家的孩子来和我比较：‘某某的儿子成了什么，某某的女儿学会了什么。’而我呢，仿佛一无是处。他们的责备并非无理，我却无法坦然地说：‘我还只是个孩子。’爸爸常常对我说：‘你什么都做不好！’有一天，他更是狠心地说：‘你要学会独立，我不会再让你偷懒了。’他甚至对妈妈说：‘让他尝尝挨饿的滋味，或许能让他醒悟过来。’那天，我泪流满面，无助地坐在角落里，不知道该如何面对这一切。我从未离开过家，几乎没上过学，也没有朋友。除了你，我真的没有其他人可以倾诉。你是我唯一的朋友。后来，再也没有人来过我们家。妈妈总是羞于让别人看到我狼狈的模样。”

没想到这个懒小子经历了这么多，我的心中涌起一股莫名的怒火。我很生萨米叔叔的气。回家后，我要把这一切告诉爸爸，让爸爸好好和萨米叔叔理论一番。让他数一数地毯上有多少菱形图案，看一看世界到底有多宽广！这样或许能让他明白，每个孩子都有自己的成长节奏和方式，他们需要的是关爱和支持，而不是无端的指责和嘲讽。

“那天，我鼓足了勇气，决定离开家去找一份工作。尽管我毫无技能，对世事一无所知，但心中有一股信念支撑着我：也许，我能找到属于自己的一片天地。电视上常常播放孩子们劳动的画面，虽然他们的工作很辛苦，但我想，我也能成为他们中的一员。事实上，我内心深处渴望重返校园。然而，现实却让我感到无助和迷茫。我不知道该如何迈出第一步。在极度绝望中，我做出了一个决定——拿走了房间里的存钱罐。这么多年来，妈妈在里面放了很多硬币，她会走进我的房间说：‘现在你也存不到钱，我会帮你攒着点儿的。’如今，这个装满硬币的存钱罐成了我踏上新旅程的启动资金。我抱着存钱罐走出房子，沿着小路经过花园。花园里，阳光洒在绿叶上，花儿竞相争艳。这是我很长时间以来走得最远的路，平时我的活动范围仅限于房间、厕所和厨房。当我走到大门口时，我开始寻找鞋子。但是由于我从未离开过家，爸爸妈妈也未曾给我买过鞋子。站在门口，我突然意识到自己竟

然没有鞋子穿！”

看看萨米叔叔！他似乎完全没有意识到这个孩子的困境。哪怕带他去医院看看心理医生呢，医生会帮你们找到无数种治疗方法。但萨米叔叔对此是如此漠不关心，他们一家人选择忽视这个孩子的需求，甚至连一双合脚的鞋子都不肯给他买？

懒小子继续娓娓道来：“于是，我决定穿上爸爸的鞋，尽管它们宽大得让我走起路来摇摇晃晃，但我安慰自己说：‘没关系，慢慢来。’我穿着那双巨大的鞋子走着，没注意到门口的台阶。结果，我一脚踏空，重重地摔倒在地。手里的存钱罐瞬间被摔得稀碎，硬币四处散落。我的膝盖、胳膊和头都磕破了，血流不止。我疼得连滚带爬地逃回房间，全然忘记了如何正常行走。那一刻，我失声痛哭，仿佛整个世界都抛弃了我。我忍着剧痛回到房间，根本顾不上捡起撒落在地上的硬币。我爸爸怒气冲冲地喊道：‘懒小子！你怎么把钱扔得到处都是？你知道我挣钱有多辛苦吗，你知道吗？’他喊了很多声，然后离开了家。我妈妈也跟在他后面出去了。那一夜，我独自哭泣到

天亮，心中暗自做了很多决定。

“第二天清晨，当第一缕阳光洒进房间时，我要毅然决然地从床上爬起来，穿好衣服去学校。如果有必要的话，我愿意从小学开始重新读起。虽然我的同龄人都已经步入高中，但我不在乎。我决心弥补失去的时光，我要读很多书，我要从学校毕业，然后找一份工作。我甚至不打算等到毕业，放学后、周末和晚上我都要出去工作，我下定决心让他们看看。

“我不是真的懒惰，我只是被迫陷入了这种状态。我坚信，爸爸一定会为他曾经说的那些伤人的话感到惭愧。”

懒小子的声音越来越高昂，一边激情澎湃地说着，一边紧紧地攥着拳头。这个懒得坐、懒得站，甚至懒得说话的男孩，突然开始像夜莺一样激昂地歌唱，眼中闪烁着坚定的光芒。我想我应该给他打打气。

“你的计划可太棒了！对你十分有益！那后来怎么样了呢？”我迫不及待地问。

他深吸了一口气，继续说：“第二天早上，我早早地起床，洗漱完毕，穿上衣服，认真梳理好头发。我找到了爸爸的一双旧鞋子，我穿上最厚的袜子，以防鞋子从我脚上滑落。我满怀信心地走出家门，准备开启崭新的生活。我原本打算去学校，但事实却是我去不了了。”

“为什么，哥们儿？你又摔倒了？”我关切地问。

他点了点头，说道：“但这次我是晕倒了！当我踏进花园，准备离开家的时候，我突然一句话也说不出来了。我不敢相信自己的眼睛，我突然感到一阵强烈的眩晕。我的视线变得模糊，身体不由自主地颤抖。然后我就失去了意识，倒在了地上。我想这一定是在做梦，但并不是。你还记得前一天被我撒落在地上的硬币吗？它们掉在地上，竟然长出了绿色的叶子。在我面前有一棵巨大的树，闪烁着耀眼的光芒，它的树叶全都是硬币做的。”

“什么？”我惊呼出声，难以置信地看着他。

“你也不敢相信，是不是？我当时也以为自己在做梦。这一切看起来太荒谬了，但事实就是如此。”

“哥们儿，我可是认真的！我坐在这里听你讲故事，你竟然这样捉弄我？”懒小子荒谬的答案让我感到被愚弄。我真诚地想知道他是怎么发财的，他却告诉我钱是在土里种出来的。从来没有人这样捉弄过我！我顿时失去了耐心，决定不再追究下去，忘了作业什么的吧！我也不打算告诉爸爸今天发生了什么，他一定会取笑我的。

懒小子似乎察觉到了我的情绪变化，缓缓地站了起来。的确我也该回家了，我跟着站起身，准备离开。

就在这时，他哗的一声拉开了窗帘。阳光洒进房间，花园里一片绿意盎然的景色呈现在我眼前。我走到窗前，我目不转睛地盯着眼前的这棵树，瘫坐在懒小子刚刚离开的椅子上。

懒小子并没有撒谎！

窗外，一棵巨大的摇钱树屹立在那里，枝条在微风中摇曳，闪烁着金色的光芒，庄严而绚丽。

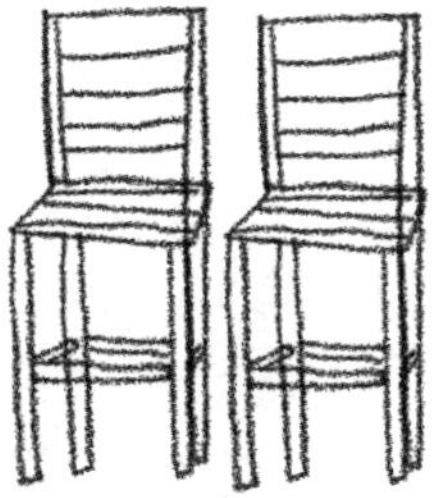

谁有权杖，谁是国王

我妈妈总会在我辗转反侧的那些夜晚，用轻柔的声音给我讲奇幻的童话故事。在那些故事里，没有孩子的女人揉出的面包团，会变成活蹦乱跳的小孩子，这是关于手指男孩的故事；木匠随手砍下的树枝，能幻化成活泼可爱的孩子，这是我们都熟悉的匹诺曹的故事；还有在《灰姑娘》里，南瓜变成了金光闪闪的马车，一群小小的老鼠变成身穿制服的马车夫。多么神奇啊！这些故事听多了，我已经见怪不怪了。因为，这些都只是人们想象中的童话世界。而在我生活的现实世界里，可不是这样的。我可是每天都坐着公交车去学校的，哪里会有什么魔法呢？

可是此刻，我呆呆地站在原地，目不转睛地盯着窗外。我使劲掐了掐自己，想确认这一切是不是真的。

“天哪！哥们儿，那真的是摇钱树吗？这怎么可能？”我惊讶得合不拢嘴。

“没错。老实说，我也觉得这太不可思议了。你看，那树枝上，一片一片地长出的钱，就像树叶一样茂盛。每当风吹过，那些‘钱叶子’轻轻飘落，我们就赶紧把它们都收集起来。”

我的脑袋里简直像一团乱麻。我盯着眼前这个懒小子和那棵摇钱树，心里真是五味杂陈。瞧瞧这个幸运的家伙！他当初只是种下了一枚小小的硬币，现在长出来的可不是一枚硬币，而是一沓沓厚厚的钞票。我也说不清楚自己心里是什么滋味，是嫉妒、羡慕还是有点邪恶的念头呢？总之，事情的发展确实出乎我的意料。

我皱着眉头说：“啊！太糟糕了，难道因为有了钱，你就不想工作了吗？原本你说要读书、学习、工作的时候，我以为你是真的打算改过自新呢！我还为你感到高兴。结果到头来，你有了钱，又开始偷懒了，真是太让我失望了。”

我就像那个懒小子的爸爸——萨米叔叔一样，正在严厉地教训他。同样地，如果我做了这件事，我爸爸肯定也会这么对我说的。我喊道：“你要学习，你要好好学习！你是国家的未来啊。你要好好学习，成为一个对国家和民族有用的人！”我多么希望他能明白我的良苦用心。

“呃，现在我们有钱了，那我为什么还要读书呢？”男孩疑惑地问。说实话，如果我是他，可能也会这么想吧。但现在我可是站在一个父亲的立场上，我要好好教育他。

“哎呀，怎么可能不读书呢！”我故作严肃地说，“要是这样的话，那些有钱人的孩子岂不是也不用上学了？但他们还是都去读书了呀。书可是个宝贝，你能从中学到很多东西，可以让你变得更优秀。它就像一把有魔法的钥匙，能打开你人生的大门，打造属于自己的人生。”

天哪，看看我现在，是不是像一个非常称职的爸爸？我觉得自己和这个懒小子之间，好像差了几十岁似的。

“好啦，我们现在去上学吧！”我自己都很诧异，我能说出这句话。说完，我还加了一句爸爸常挂在嘴边的谚语：“谁有玉玺，谁是皇帝。孩子，走吧，前进，直奔学校的大门！”

可是那个懒小子呢，却在一旁玩着羊毛衫的拉链，一副心不在焉的样子。

“我不知道，伙计，一切来得太突然了。”他嘟囔着说。

“哎呀，有什么突然的呢？”我反问道，“这棵树长了多少天了？”

以前我们种过菩提树，花了整整五年才开花。而这个懒小子种了一枚钞票，树上立刻就长出了钱。他的运气也太好了！

“嗯，第二天早上那棵树就长得这么高了。树上挂满了钞票，就像是闪闪发光的星星。显然，这里的土壤非常肥沃。”

“啊？”我惊讶地问，“那萨米叔叔看到这棵树之后是什么反应？”我很好奇接下来发生了什么。

“别急，我这就告诉你，事情发生得很突然。那天早上，我正目瞪口呆地坐在家门口。爸爸和妈妈走进了花园，他们好像完全忘记了前一天发生的事。一开始，他们并没有注意到那棵树。然后，爸爸向我走了过来。我从口袋里掏出从树下捡来的钱，递给他说：‘喏，拿着，这是给你的钱。你不是说我一无是处，不会给你挣一分钱吗？现在好了，你拿着吧。’你猜怎么着？我爸爸听后勃然大怒，他冲我喊道：‘你是从哪里找到这些钱的？快说！’我用手指了指那棵树，他们简直不敢相信自己的眼睛。我爸爸大叫道：‘你是从哪里找到的？你是怎么找到这棵树的？’说得就好像只要我们肯出去找，就能找到一样。我告诉他们：‘我把存钱罐里的硬币撒在地上，然后，就长出了这棵树。’那天，爸爸妈妈一刻不停地摘着树上的钱叶子，生怕下一秒摇钱树就会消失。这个场景像是在梦里，他们会带着摘来的钱逃之夭夭。夜幕降临，他们举着手电筒继续摘钱。第二天早上太阳升起的时候，他们还在摘，直到手臂

酸得抬不起来才停下来。他们把摘下来的钱全部搬到客厅里，堆成了一座小山。

“然后他们走过来，紧紧地抱住了我。你绝对不会相信的，哥们儿，他们抱着我，一边笑一边说：‘哎呀，我精明能干的儿子，我聪明伶俐的儿子！我们早就知道你是块宝，你是我们的英雄！’他们说了好多好多夸奖我的话。我挣脱了他们的怀抱，跑回了自己的房间，这就是事情的全部经过。就是这样，我们家突然发财了！”

我满心好奇，想走过去近距离看看这棵神奇的摇钱树。

“走吧，一起去看看！”他笑着说，“如果你想的话，可以顺便摘几张钱叶子走……”

我连忙摇摇头，说：“不，我不摘。”

如果我爸爸知道的话，他一定会大发雷霆的。我记得，小时候邻居家有棵榅桲树，爸爸从来不让我们去摘榅桲，总让我们自己去市场上买。于是我对他说：“爸爸，眼睛看看还不行吗？”爸爸听后，皱了皱眉头，严肃地说：“即使树、花园、田地的主人让你看，你也不该看。收起你的目光，别让我失望！”

直到熟透了的榅桲一个接一个地从树枝上掉在地上，邻居也没有把它们捡起来。树的主人似乎并不在意，任由它们躺在那里。

有一天，我看到爸爸弯下腰，小心翼翼地把地上的榅桲一个个地捡起来。我心里想："咦，他不让我们捡，自己却捡得这么起劲！"他的确是捡了，然后把所有收集在一起的榅桲，整整齐齐地码放在邻居家门口。我透过房间的窗外目睹了全过程。回家后，我忍不住问他为什么要这样做。如果邻居想要的话，他早就自己捡了。爸爸笑了笑说："也许他是有原因的，那我们就不知道了。"他总是喜欢用这种充满智慧的话来回答我。

此时，我迫不及待地走出房间，仔细打量那棵神奇的树。它的树干像梧桐树那样粗壮有力，当然这是我从未见过的树。树枝上挂满了钱叶子，而不是普通的树叶。

你见过那种看起来很逼真的塑料花吗？如果你在某处看到一朵塑料花，它看起来和真花非常相似。你会忍不住用两根手指在上面划来划去，看看它是不是真的，我就是这样检查这些钱叶子的。天哪，它们是真的！上面还有漂亮的防伪印花，和真正的钞票一模一样。

“恭喜你们！”我张大了嘴巴，半天只憋出了这么一句话。

以后还有这种好事的话，会轮到谁呢？我回到了屋里。

懒小子好奇地说：“你刚刚为什么不摘几张呢？”

“我不摘是有原因的。”我像个语言艺术家，在他面前卖弄着从爸爸那里学来的智慧。

接着，我忍不住问起了那层薄薄的纱帐。它像一件神秘的外衣，轻轻笼罩着整个花园。

懒小子解释道：“哦，你说那个纱帐啊。那是我爸妈为了保护摇钱树想出来的办法，他们总是担心我们的钱会被偷走。”

“担心被偷走？”我惊讶地问。

“是啊，他们担心被偷，担心钱会花完，担心树不会再长钱叶子……总之，担心的事情可多了。自从有了这棵摇钱树，我爸妈就像变了个人似的。起初的惊喜过后，担忧就时刻笼罩着他们。他们总是害怕有人发现了这棵树，把钱偷走或者把树砍掉怎么办。”懒小子顿了一下，继续说，“过了没几天，我爸爸运来了两车砖块，砌了一堵墙，把房子四周都围了起来，从外面完全看不到那棵树。我妈妈则用纱帐把里面遮起来，以防有人进来看到它。现在，我们的花园就像一个秘密的小卧室。他们还在门口设了一个保安厅，请了一个保安来看守。他们告诉保安：‘我们继承了一些家产。虽然钱的数目不大，但总有熟人缠着我们。’那个保安曾经借过他叔叔的儿子的钱，但是他还不上了。这个人了解我们家的情况，所以他从不离开大门。我爸妈还在花园里安装了好多监控摄像头和警报器。就连小鸟落在树上，警报器都会响个不停。但是，就算他们想了这么多办法，晚上还是睡不安稳。”

“他们为什么要这么害怕呢？明明这棵树一直在长出新的钱，这些钱对你们来说已经绰绰有余了。如果，我是说如果，你们愿意跟别人分享树上的钱叶子吗？”

懒小子叹了口气，说：“你知道我怎么想的吗？我和你的想法非常一致。我跟他们说，‘我们打电话给亲戚吧，还有那些我们认识的生活有困难的人，比如街头的流浪汉、病人还有孤儿，让他们从我们这里拿点钱走吧！’可是，这个建议差点让我爸爸气疯了。他说，‘你疯了吗？这是我们的摇钱树，是我们发现的。’”

“你们是怎么发现它的呢？哥们儿，这里又不是新大陆，你也不是哥伦布！我的意思是说，这些钱叶子不会因为你给了别人就会变少。我觉得你可以考虑把一部分钱分给需要帮助的人。”

“我也这么想，可是我爸妈不同意。你敢信吗？现在他们甚至开始嫉妒对方了。让我感到意外的是，他们根本不会花钱。我跟他们说，您看，我们现在有钱了，没必要继续住在这里了。我们去别的地方住吧，我们可以买一个没有人烟的小岛。哥们儿，我们就是这么富有！想干什么就干什么，谁也不会打扰我们。起初，我爸妈觉得这个主意不错。他们带着钱去了集市，我答应在他们离开的这段时间里守着这棵摇钱树。毕竟，硬币是我撒的，树是我种的，他们却不愿意把摇钱树托付给我。我爸爸问：‘你

会在树旁等着我们吗？’我向他们保证：‘我会等你们回来的。’

“于是，爸爸妈妈就出去购物了。他们是坐公共汽车去的，我以为他们会乘出租车、手里拎着一大堆的盒子和袋子回来。可是，傍晚的时候，他们摇摇晃晃地进了门。出乎意料的是，他们两手空空，只有我妈妈手里拿着一个棕色布袋，上面写着‘卡赞奇利珠宝’，他们把带走的所有钱都换成了黄金和美元。我简直不敢相信，哥们儿。”

我不敢相信自己的耳朵，惊呼道：“拿钱换钱？这算什么购物？啊哈哈！他们真的跑去买黄金了？”

懒小子一本正经地点点头，说：“是啊，我妈妈买了好多闪闪发亮的手镯和项链，可是她从来都不戴。你知道为什么吗？因为怕被小偷看到，把她胳膊上的金子偷走。她就把那些宝贝藏在家里的各个角落，每天都要小心翼翼地检查一遍，生怕它们不见了。他们真是有点奇怪呢，有

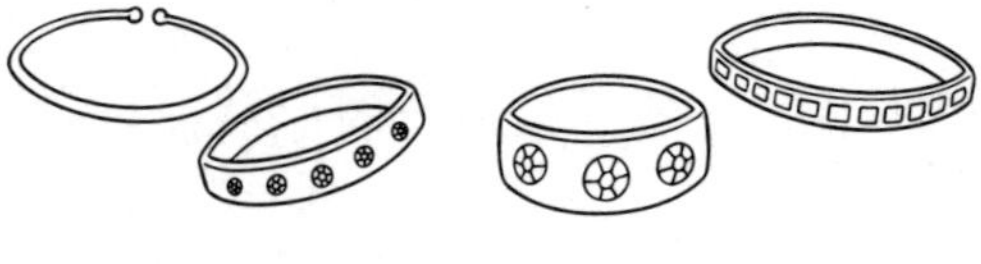

了那么多钱却不知道怎么花，你明白我的意思吗？所以我就试着教他们怎么花钱。我跟他们说，我想吃烤肉串了，让他们帮我去买。这样他们至少能学会花钱。我能吃多少就吃多少，吃不完的就让他们扔掉。这样一来，他们就会因为不想浪费拿去分给别人。否则，他们真的不太懂得分享，你明白我的意思吗？”

“我明白了。原来如此！难怪那天看到你爸爸肩上扛着那么一大串烤肉串。还记得那天时隔多年再次见到你爸爸时，他眼里闪烁着喜悦的光芒，激动地告诉我们，你发财了。我就一直很纳闷，你到底是如何不费吹灰之力就赚到那么多钱的。这就是我特地找你来的原因。话说回来，今天真是奇妙的一天！我真的觉得好神奇！不过时间不早了，我得回家了。已经耽误很长时间了，回去要走好长的路呢！而且，我还在准备考试，现在应该收收心去学习啦。”

“你打算做什么？我是说考试之后，你有没有想过要做什么？”懒小子突然问道。

“我想进一所好高中，然后再努力考上大学。其实，我特别想学烹饪。不过，我爸妈的想法跟我不同。我爸爸不想让我学烹饪，他希望我能学医，他觉得那才是正经的出路。我心里想，如果你这么想学医，干脆跟我一起考试，自己去学医算了。但是，这话我可不敢直接跟他说。

“你知道吗，我爸爸年轻的时候，心里藏着一个医生梦。可惜那时候家里条件不好，负担不起学费，高中毕业后就没再继续读书了。这个梦想一直藏在他心里，所以他总希望我们几个兄弟姐妹中能有人去实现。他曾经鼓励我的姐姐们去当医生，也试图说服我哥哥。现在轮到我了！我有时候会跟他开玩笑说，如果你那么想当医生，就自己去实现梦想吧，什么时候都不晚。可他总是摇摇头，说‘我们已经老了’。其实，我并不觉得他们老，他们的梦想依然可以实现。只不过有些话，我知道即使说了他们也不会理解，所以只能放在心里了。

“我刚才说什么来着，我喜欢做面包，哥们儿。我做

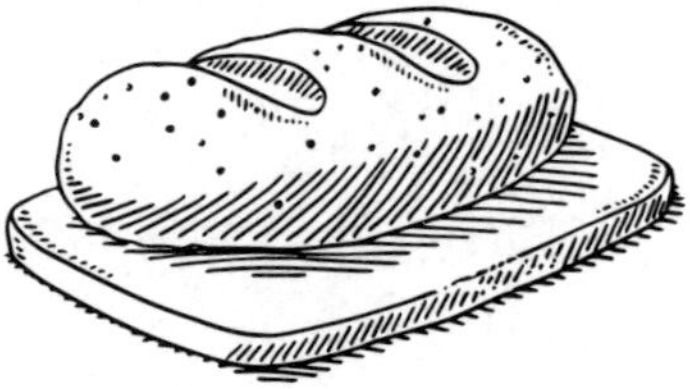

的面包好吃得不得了，总有一天得让你尝尝我的手艺。我梦想着将来有一天，我能开一家面包店。可不仅仅是顾客走进去，买个面包就走的地方哟！你可以想象一下，你来告诉我你想要什么口味的面包。比如说，你想在面包里加点核桃、干番茄和红辣椒。然后，我就给你泡上一壶香浓的茶，你一边喝着茶一边静静等待。与此同时，我会动手为你烤面包，就像烤肉串一样。刚刚出炉的热乎乎的面包，淋上那么一点儿橄榄油，旁边还摆放着一壶暖暖的茶……就是这样，客人吃着这些美味，心里得多满足啊！你觉得我这个想法怎么样？”

懒小子眼睛一亮，凑到我跟前说：

“哇，这个主意太棒了！不过这样的话，你还需要学习或者参加考试吗？我的意思是，我是认真的，如果你愿意的话，我出钱，你去开店吧。”

我笑着摇摇头：“哥们儿，那开的就不是我的店了，是你的店。我还是想在学校里系统地学习这门手艺。比如：哪种香料和面包最搭，得避开哪种香料；面团在什么温度下发酵才最适宜；还有，小麦适合做哪种面包；等等。这些都不是闹着玩的，得用心学习。此外，放学后我还打算选修一门意大利语课程，了解意大利面包的传说。如果我能去面包店实习，那就更好了。不过，要实现这一切，我必须先拿到烹饪学位，而不是医学学位。你明白我的意思吧？我还得想办法说服我的爸妈呢。哎呀，不说了，我得走了！”

“你下次还要再来找我玩，可以吗？你知道吗，这种感觉真的很好！第一次见到你的时候，我就非常喜欢你。现在还是一样喜欢，咱们下次再见面吧！”

多么直白的告白啊，真是让人心里暖洋洋的。说实话，现实世界里，可没有人会像他一样随随便便地说出这种话来。不过呢，这个懒小子连家门都没出过，当然对此一无所知了。他就像一张白纸，可以随心所欲地表达自己的感受，多自由啊！可惜我们呢，总是有那么多顾虑，不会轻易把“喜欢”挂在嘴边。一旦说出口，就好像露出破绽了一样。

我喜欢懒小子的坦率。

“我也非常享受和你一起度过的时光！放心吧，我一定会再来找你的。其实，我也想请你来我家玩，但我猜你可能不会出门的，对吧？”

“你说得对，我太懒了。”

“哈哈哈，你太懒了。”我们两个人笑成一团。然后，我和他告别，准备回家。

我刚要走，他突然喊道：“等一下！”说着，他从树上摘下一张钱叶子，递给了我。

“这是给你的纪念品。”他笑着说，“不是因为你需要它，而是想让你留个念想。我刚从树上摘下来的，别介意啊。”

我伸出手接过钱叶子，放进了裤兜里，然后踏上了回家的路。

100

一朝失名，千古难洗

天哪！真是如梦似幻的一天！简直令人难以置信，我到现在都觉得这事儿像是发生在梦境中似的。我原本打算一回到家，就迫不及待地告诉爸妈我今天的经历。不过话说回来，他们肯定不会相信的。就连我自己，也觉得像是天方夜谭。除非亲身经历，否则谁能想到会发生这样的事？

一路上我的思绪翻飞，心里不禁琢磨着："如果这事儿真的发生在我身上了，我该如何应对呢？"公交车缓缓启动，我挑了个靠窗的位置坐下，毕竟坐着做梦总比站着来得稳妥，省得一不小心摔个四脚朝天。而且我可以惬意地把头靠在窗户上，任由思绪飞扬，尽情编织这场美梦。

我脑海中浮现出一幅美妙的画面：我们家的院子里，

也长出了一棵摇钱树。虽然现实中我们家并没有花园，但在我梦想中的房子里，那棵摇钱树是那么鲜活、那么生动。清晨的第一缕阳光洒进院子，摇钱树仿佛沐浴在金光之中，树上挂满了金灿灿的硬币和纸币，它们随着微风轻轻摇曳。

我兴奋地叫来爸爸妈妈，一同见证这不可思议的时刻。爸爸一脸认真，缓缓地走到那棵摇钱树跟前，仔细地端详着每一片树叶，轻轻地抚摸它们，然后标志性地用他那食指关节敲敲树干。这似乎是爸爸独有的衡量事物的方式，每当家里要添置什么新物件时，他都会用食指敲一敲，来测试它的坚固程度。

在确认了这棵摇钱树的确是真实存在的之后，爸爸的脸上露出了疑惑的表情，他问道："这棵树究竟是谁给我们的呢？为什么偏偏选择放在我们的花园里？"接着，他又自言自语地开始了一系列经过深思熟虑的提问：

"这棵摇钱树到底有何意图？为何要选择我们家作为它的落脚之地？这些从天而降的钱叶子能干什么？我们是不是应该去寻找这棵树的主人，将它归还给真正拥有它的人？为什么这些钱会来到我们家，而不是去其他人家呢？”

“为什么？”

“为什么？”

“为什么？”

然而，我与爸爸的想法却大相径庭。如果我们家的花园里真的长出一棵摇钱树，我会将其视作一个难得的机遇。首先，我会用心倾听周围每个人的梦想，不仅是我的家人，还有我身边的每一个人，他们的梦想我都想要了解。接着，我会赠予每个人一些金钱，但并非全部。换句话说，我会帮助他们解决实现梦想所需的一部分资金，而剩下的那部分则需要他们自己去努力赚取。

然后，我会利用这些钱叶子，把自己送进一所优秀的大学，并且在家里建造一个温馨且漂亮的图书馆。我还会买一张飞往意大利的机票，并预付在意大利期间的住宿费。如果非要奢侈一把的话，我要尝遍意大利所有的美食

餐厅，让自己对美食有更多深入的了解。哦，那该是多么美妙的事情啊！

虽然心中满怀对未来的无限遐想，但我终究还是回到了现实。公交车缓缓停下，我回到家中。家里静悄悄的，没有人围坐在餐桌旁，看来晚饭已经推迟了很久。我一进门，妈妈便急切地迎上来，关切地问道："你怎么才回来？"

妈妈的语气让我有些摸不着头脑，我漫不经心地说了声"对不起"，然后走到水池边，开始洗手。我非常喜欢这句"对不起"，它看起来不像是一句郑重的道歉，在我口中似乎变得有些轻松随意。对我来说，如果没有犯下什么严重的错误，真的很难直接说出一句真诚的道歉。因为很多时候，我并没有觉得自己做错了什么。他们所谓的错误，在我看来只是些微不足道的小事，是应该得到谅解的错误。

晚餐时，爸爸突然提起了萨米：

"你见到无业游民萨米了吗？"他一边说着，一边嚼着腌黄瓜。

“见到他了，”我回答道，“他向你问好……”

爸爸轻轻点了点头，问道：“怎么样？”

我愣了一下，心里犯起了嘀咕：什么怎么样？

我抬起头看向爸爸，现在该怎么跟你解释呢，爸爸？这可不是三言两语就能说清楚的事情，但我还是尽量用通俗易懂的方式解释了一下。

我清了清嗓子，尝试开口说道：“呃，他们……把硬币种在了地里，然后长出了一棵摇钱树。”我边说边比画着，希望爸爸能更好地理解。

爸爸嘴里还嚼着腌黄瓜，瞪大眼睛看着我，仿佛想从我的脸上看出什么端倪来。事实上，饭桌上的每个人都齐刷刷地盯着我，爸爸并不是唯一的那个。

他转过头对我妈妈说：“努兰·哈尼姆，你真是把你女儿宠上天去了。”他的语气中带着一丝戏谑和调侃。

妈妈在桌子下面轻轻地踢了踢我的腿，示意我好好跟爸爸说话。

“别踢我，我说的都是实话。”我嘟囔道，“我也不敢相信，但是我亲眼看到，那棵摇钱树就种在花园里。我还

从树枝上摘了一张钱留作纪念呢，不信你们看。”说着，我从裤兜里掏出那张钱叶子，举到了他们面前。

我爸爸突然从椅子上跳了起来，愤怒地说：“你拿了萨米家那个懒小子的钱?！”他的声音很大，仿佛火山即将爆发。

每次爸爸生气的时候，总是唠叨个不停，就像打开了话匣子，怎么也关不上。有时这种无休无止的抱怨会持续好几天，让人耳朵都要磨出茧子来。家里人都知道他有这个毛病，所以纷纷站出来打圆场。

我哥哥叹了口气，无奈地说：

“哎呀，爸爸，她太单纯了，总是那么容易轻信别人。您还记得吗，晚上回家的时候，就连我大喊‘开门，警察！’，她都会信以为真。上次我在她房间里放了个玩具蜘蛛，她还以为是真的呢，吓得魂飞魄散。别看她长得这么高挑，其实内心还只是个小孩呢……她肯定是被萨米叔叔骗了。”

小孩？高挑？这两个词放在我身上似乎有些不搭调。

这时，我姐姐也忍不住插嘴道：

“啊哈哈！你们还记得小时候购物中心里那些人偶吗？里面都藏着人。她以为那些都是真的，还一直哭着说‘兔子在追我！’，啊哈哈，真是太可爱了，天真无邪的小家伙！”

天真无邪？这个词用在我身上，似乎也不太贴切。

我爸爸笑着摇了摇头，调侃道：“她还以为你祖尔菲耶姑妈是日本人呢，是不是？”一提到这个，全家人都忍不住哈哈大笑起来。天哪！这已经是多久之前发生的事了！接着，大家继续吃饭，把刚才的小插曲抛在了脑后。

我气呼呼地辩解道：“祖尔菲耶姑妈是斜视，”我声嘶力竭地喊，“祖尔菲耶姑妈的眼睛很斜。”我的声音有些沙哑。

“我的孩子，祖尔菲耶姑妈是鞑靼人呢。”妈妈笑着说道，“哈哈哈，我天真无邪的女儿啊，我天真无邪的女儿啊。”她的嘴角挂着笑意，轻轻地亲吻了我的脸颊。

呵呵，好吧，我很天真无邪。

俗话说得好：一朝失名，千古难洗……

不过，这些已经不重要了，话题就这样轻松地结束了。大家都继续享用腌黄瓜和烤豆子的美味了。

一分耕耘，
一分收获

学校的考试周如期而至，整个星期我都埋头于书本之中。我试着把那个懒小子从我的脑海中抹去。我的意思是，我希望如此，但时不时还是会不由自主地想起他。每当这时，我就左右晃晃脑袋，那个男孩就会从我脑海中消失一会儿。然而没过多久，我又得再次摇头，将他的身影赶走。

那棵神奇的摇钱树，总是出其不意地闯入我的思绪，让我把头摇得像拨浪鼓一样。

当我做自然科学的题目时，题干中出现了封闭种子、繁殖、胚胎、受精、有丝分裂、无丝分裂等词汇。突然，一个念头在我的脑海里一闪而过。从小学开始，我们就一直在机械地学习这些科目。我们学习用棉花培育豆子，可是直到毕业，都没有真正见过一粒种子落入土壤、生根发芽的过程。我们未曾亲眼观察过花瓣、花柄、花蕊和花粉管的真实模样，就匆匆开始学习下一堂课。所有的知识，都只是从书本上得来的。

我不禁想，如果我们真正了解把什么东西埋在土壤里，亲眼见证播种的每一个细节，也许就能解开种钱的谜团。但是，这又有什么意义呢？农民们日复一日、年复一年地播种和收割，他们会想到“让我们播种金钱，看看是否能长出摇钱树”这样的奇思妙想吗？也许，秘密并不在于土壤和播种的方式，而在于那颗神奇的种子。

我的手不由自主地伸向了那张钱叶子。我还没有舍得花掉它，心中涌起一个奇妙的念头：它可能就是种子。我在想，我是不是可以像呵护种子一样，精心培育它。假如它真的能成活，我就要将这神奇的生命力延续下去。

想象一下，在一个像温室般的地方，

放眼望去满眼都是摇钱树的幼苗……它们摇曳生姿，散发着勃勃生机。当这些树苗长大成树，结出累累的金钱果实，那将是多么壮观的景象啊！

也许那个懒小子从未考虑过这一点。但是，萨米叔叔，他可是个对钱情有独钟的人。我想，我可以试着说服他，让他和我一起将摇钱树的树苗培育起来，然后卖出去。这样一来，他能赚到更多的钱。这个计划怎么样？每个人都能因此变得富有。难道我这么做，是为了一己私利吗？不，绝对不是。我不是为了自己，而是为了所有需要帮助的人。

毕竟，每个人都有享受生活的权利——吃得丰盛，活得健康，接受优质的教育，这些是每个人的基本权利。试想一下，如果这个世界上再也没有人为了生计而苦苦挣扎，那该有多么美好啊！我们可以随心所欲地购买喜欢的书籍，随时随地走进剧院和电影院欣赏艺术，甚至出国游历，探索世界的奥秘，或者在国内畅游名山大川，再也无须为资金问题而担忧。那样的世界，该是多么令人向往啊！

不知道这么多钱会不会把我宠坏。不试试怎么知道呢？这真的是一个绝妙的主意！如果我能培育出一大堆摇钱树的幼苗，把它们拿到市场上，让每个人都买一棵种在自己家的花园和阳台上……想想都开心得不得了！

这辈子，我最庆幸的事情之一，就是我爸爸不会读心术。要是他能读懂我心里的小九九，那可就糟了。他一定会每天晚上坐在沙发上，把我拉到他的跟前，然后喋喋不休地对我说上几个小时的话，而我呢，只能可怜巴巴地盯着地毯上的花纹，度过一个又一个漫长的夜晚。

如果姐姐们不及时拯救我，爸爸说不定会一直唠叨个不停呢！比如说，要是他知道了我的想法——我是说，他知道了我打算卖摇钱树的主意，那他恐怕连沙发都坐不住了。他肯定会站起来，开始一场长篇大论的训话，到时候我可就惨了！

“劳动多么光荣啊，我的孩子，人怎么能不劳动呢？你知道什么是劳动吗？你知道汗水是什么滋味吗？听我说，我美丽的姑娘，我是个本本分分的劳动者。这么多年来，我一刻也不停歇地工作。如果我不能再继续工作了，会怎么样呢？那就是所谓的退休了，意味着我这辈子付出了不少劳动。你得记住，人必须劳动。即使不出去工作，也要在家里找点活儿干，明白吗？一分耕耘，一分收获。时刻把这句话记在脑子里！你是要做什么，卖摇钱树苗吗？看看，看看，看看，看看你这小脑瓜里装的是什么！别人说我是劳工，那他们会怎么说你呢？说不定会叫你'白吃白喝的小公主'呢！不过啊，你要是真的喜欢，那就去卖吧，我们不会干涉你的。等你回家的时候，我们可不会冷冰冰地说：'你来了，姑娘？'我们会笑着打趣说：'哟，你来了，我们家白吃白喝的小公主。'或者'你来了，游手好闲的小懒猫。'"然后，爸爸又开始长篇大论，讲述这些年他是如何辛勤工作的。

当我学习自然科学的时候，脑袋里总有一个问题在转悠："我们到底是从哪里冒出来的？"过了好一会儿，我才意识到时间不早了，该上床睡觉了。第二天早上，我本应该像只早起的鸟儿一样，精神抖擞地迎接新的一天。可谁知道，我做了一个超级有趣的梦……

在这个梦里，爸爸和萨米叔叔是主角。我梦见自己开始经营梦寐以求的摇钱树苗生意。嘿，你猜怎么着？生意火得不得了。我们有一个巨大的温室，就像一个神奇的魔法森林。人们不远万里纷纷赶来，就是为了抢购摇钱树苗，队伍排得老长，使交通十分堵塞。

萨米叔叔像个大老板，挨个从大家手里接过一张张钞票。他教给人们如何培育树苗，还拍着胸脯保证，如果失败了，就把树苗退回来。那个懒小子呢？他呀，一定是在家里，舒舒服服地躺在床上睡大觉呢！

爸爸呢？他变成了我梦中的太阳！你记得小时候我们画的太阳吗？有嘴巴、眼睛、鼻子，梦里的太阳居然长了一张我爸爸的脸！它照耀着我们，用那炙热的怒火烤着我

们。我流着汗，努力培育摇钱树苗。那些来买树苗的人，都急匆匆地跑着离开了。就这样，一天，两天，三天，摇钱树苗全部卖光了！而我爸爸总是站在高处看着我们。

突然间，整个国家好像都乱套了。面包店的大门紧闭，餐馆的灯火熄灭，超市的货架空空如也，加油站关门了，公共汽车不再穿梭于街头巷尾，商店的百叶窗也耷拉下来了。我心里直犯嘀咕，这是怎么了？大家都疯了吗？

爸爸站在高处，扯着嗓子大喊：“你把他们逼疯了！现在每个人一门心思只想着种钞票，谁还有心思工作啊？说实话，没有人是真心喜欢工作的，都是迫不得已的选择。一旦钱不是问题了，大家自然就停下了手中的活。这一切都是因为你，你这个好吃懒做的家伙！”

我费尽力气想从梦境中挣脱出来，可是感觉有人紧紧抓住了我的衣领。他们拉着我说：“别走，你要是走了，谁来帮我们培育那些神奇的摇钱树苗啊？”我像被困在了一个无形的牢笼里，无法逃离这个梦境。我拼命想醒来，可这一切就像是一场噩梦，一场让人窒息的噩梦。

终于，我大口喘着气，从梦中惊醒。我挣扎着起身，爬出温暖的被窝，想要去厨房倒一杯清水解渴。此时，伴随着抽风机的嗡嗡声，爸爸像明亮的太阳一般坐在厨房里，把报纸举在面前。他喜欢在夜里读报纸。

“宝贝，你怎么醒了？再多睡一会儿吧。”他轻声呼唤着我，眼中满是温柔。听到他叫我“宝贝”，我心中的一块石头瞬间落地。无论什么时候，我晚归、在家任性、在街头打架，甚至不慎打碎邻家的窗户，只要爸爸妈妈依旧充满爱意地称呼我为“宝贝”“女儿”，我便知道，要么是他们压根儿不知道我闯的祸，要么是一切都还有挽回的余地。

“我刚醒。爸爸，现在几点了？”

他抬起头，回答道：“快十二点了。”

我拿过水壶，给自己倒了一杯水，顿时感觉神清气爽。

爸爸继续翻阅着报纸，愤怒地指着一篇新闻说：“你看这条！一家科技品商店因为免费赠送充电器，结果被一群无赖洗劫一空。这些游手好闲的人，真是太可恶了！明天你们去买手机，他们也会对你们下手的。啊，社会的信任呢？啊！”他的语气中充满了无奈和惋惜。

我轻轻拍了拍他的肩膀，安慰道：“别看了，早点睡吧。晚安，爸爸。”然后转身走出厨房。爸爸的声音紧随身后：“晚安，宝贝。别忘了盖好被子。”

12

塑料保鲜膜
塑料保鲜
但求平凡，不求富贵

我从图书馆借阅了埃夫利亚·切莱比[1]的《旅行之书》。正当我沉醉于他的探险故事中时，妈妈悄悄走到了我的身后。她从我手中轻巧地拿过书，放回书架上。

“等考完试再看吧，你现在还想着去旅行吗？”她不容置疑地说。

我并没有把我渴望去旅行的心情说出口，因为那是如此地遥不可及。既然不能亲自踏上旅途，难道连通过文字体验别人的旅行也不被允许吗？我渴望下厨，为自己烹饪一顿美食，让味蕾和心灵同时得到滋养。然而，他们却说：“别做饭了，快坐下写卷子吧！”难道我就不能找些乐

……………

1 埃夫利亚·切莱比：土耳其著名的旅行家。

趣，让生活多点色彩吗？但他们却擅自替我做了决定。

“来吧，宝贝，我们出去散散步，换个环境放松一下。”妈妈提议道。我心里却想，也许在厨房忙碌的时候，我的思绪会更加清晰。

如果我拥有超能力，我会毫不犹豫地将自己从成人的世界中解救出来。想象一下，如果每个人都能保持童心，生活该是多么美妙和有趣啊！但在此之前，我首先需要从萨米叔叔的手中拯救那个懒小子。我必须从他开始，否则他永远也救不了自己。我在纸上郑重地写下了“拯救懒小子行动”，并开始仔细地罗列计划的每一个步骤。

就在这时，一个声音在我心里响起：“现在先别急着处理这些事情了，等考完试之后再说吧。”我突然意识到，自己竟然变得和爸爸妈妈一样了。

但是，距离考试还有一段时间。我担心等到那时，这个男孩可能早就毁在萨米叔叔的手里了。他已经好几年没有踏出家门了，这样的情况实在令人担忧。如果他起诉萨米叔叔的话，肯定会胜诉的。

想象一下：他们把懒小子关在房间里，好多年不让他自由外出。直到某天，邻居们无意间发现了一切。他们破门而入，看到房间里堆满了钱币！还有一个懒小子蜷缩在角落里……这场景简直就像是一部引人入胜的电影。我甚至想，是否应该暂时放下课本，去着手编写这个剧本？当然，这些都得等到考试结束后再做打算。

自打小时候起，我就爱想些异想天开的点子。记得妈妈泡茶时总喜欢先放一勺糖，再挤入几滴柠檬汁。我曾兴致勃勃地对她说："妈妈，我给你发明一种柠檬方糖吧！这样你就不用分开加糖和柠檬汁，一次性就可以解决了。一举两得！"她听后只是笑我太天真。但我是认真的，我真的想过要创造出这样的方糖。

还有我的姐姐们，她们总是抱怨清空洗碗机是一件多么麻烦的事。于是我灵机一动，告诉她们："我给你们设计一款巨型洗碗机，就像冰箱那么大，里面有两个隔间。干净的碗碟放在一边，脏的碗碟放在另一边。这样你们就再也不用担心这个问题了！"我的脑海中充满了各种奇妙的想法。

再比如我还构想过一种"可咀嚼牙膏"。想象一下，如果把含有牙膏成分的口香糖放入口中，只需咀嚼几下，就能清洁牙齿，那能省去多少麻烦事儿啊！虽然这些想法听起来有些离奇，但我相信总有一天它们会成为现实。

我知道每个社区都配备了儿童乐园和咖啡馆，但不是每个社区都有免费的学习场所。为什么当我渴望寻觅一片宁静的学习空间时，只能踏入咖啡馆点一杯昂贵的咖啡，或者坐在树荫下、茶园里听叔叔们闲谈呢？倘若社区里有一处免费的办公室，我们就可以坐在那里静心学习了。我还有很多诸如此类的想法。等待有朝一日，我一定会试着去实现。以防万一，我不能写在这里。

当我兴冲冲地把这些构想分享给爸爸时，他却总是以一种怀疑的眼光审视我：“这些事情除了你，就没有别人能做吗？”这话如同一道无形的枷锁，不禁让我想起了萨米叔叔是如何对待懒小子的。但是，我并不会因此对爸爸心生怨恨。他之所以如此不信任我，甚至不信任所有人，也许是因为在他过往人生道路上历经的坎坷，是那么刻骨铭心。

“爸爸，我们一家人为何不联手开一家店呢？”我提议道，“你离开工厂，晚上和妈妈一起经营这家店，我们共同为之努力。”

然而，爸爸却对此不以为然：“女儿，开店真的适合我们吗？”他甚至连开什么店都不好奇。假使我们真的开了店，并且生意兴隆，爸爸恐怕又会找出诸多理由来质疑这一切：“为什么要执着于这家店？生活中难道就没有其他更好的选择吗？”他总是习惯从背后寻找问题的症结所在。在他的观念里，似乎美好的事物总是难以长久。“但求平凡，不求富贵”是爸爸一生的信条。然而，我却不明白他为何总是对生活中的美好持有怀疑的态度。难道好事真的不会降临在我们的头上吗？

有一年的一个炎炎夏日，我们正坐在阳台上悠闲地品茶。突然，一辆载满鲜花的货车停在了家门口。爸爸先是瞪大眼睛，随后摇摇头说：“这些花肯定不是送给我们的。”过了几分钟，花商敲响了我们家的大门。爸爸再次摇摇头，说：“不对，这些花应该是送给对面邻居的。”

爸爸，您家里有这么多年轻的女孩，这些花会不会是别人送给她们的呢？然后我们得知，原来这些花是送给我的一个姐姐的。这次爸爸惊讶得合不拢嘴说：“你做了什么，为什么有人送这么漂亮的花给你，是不是发生了什么我们不知道的事？”爸爸简直不敢相信，花是送给我们家的。“没有，爸爸，您想哪儿去了，能发生什么事呢？”姐姐小心翼翼地说。“我也不明白，你又没生病，又不是领导，怎么会有人无缘无故地给你送花？”“哎呀爸，您别疑神疑鬼了，是我单位的女同事送的。”姐姐忍不住插嘴道说。“哦，是她送的，”爸爸将信将疑地点了点头说，“这简直是不可思议！”

第二天，爸爸一回家，就神秘兮兮地从口袋里掏出两卷保鲜膜。我和你说过吗？他在一家保鲜膜厂工作。

“把这个拿给送你花的同事，就当作是我们的一点心意。”爸爸得意地说。

用保鲜膜来答谢鲜花？

他可真有意思。

粗鲁失和，
礼貌生辉

当我把这篇名为“拯救懒小子行动”的文稿拿在手里翻来覆去地阅读的时候，一个令我脊背发凉的念头猛然闪过脑海。我反复翻阅着，内心却越来越不安。我究竟写了些什么呀？怎么会有这样的失误？我指责了我的爸爸、妈妈和萨米叔叔，但现在看来，我自己又何尝不是和他们一样呢？自始至终，我一直用“懒小子”这个词来称呼他，甚至连他真正的名字都不屑一顾。我喋喋不休地批评他的懒惰，却忽略了他亲口告诉我的，他的懒惰并非本性，一切都是环境使然。我为什么就不能理解他，反而一直鸡蛋里挑骨头呢？

妈妈总是喜欢说“我的好孩子！”，这句话仿佛在暗示着“只有你表现得乖乖的，我才能继续爱你”。是的，我可以乖巧听话，但我也有自己的想法和选择。难道她爱的不应该是我这个人本身，而不是我外在的表现吗？

我们有个邻居阿姨，她经常提起她的儿子，“他来了，我们的小淘气包！”“他来了，我们的小调皮蛋！”每次听到这样的称呼，我都会感到一阵不悦。那孩子刚刚进门，他还什么都还没做，既没有调皮捣蛋，也没有惹是生非。他只是静静地站在那里，却已经被贴上了“淘气包”和“调皮蛋”的标签。我为这样的不公感到生气，但转念一想，我又何尝不是做了同样的事情呢？我非常愧疚于随意给我的朋友贴上标签，如果有人用同样的方式对待我，我也会感到非常难过。

俗话说：“粗鲁失和，礼貌生辉。”我深知自己的过失，内心埋下了一颗想要弥补的种子。

那个周末，我向妈妈请示，要去一趟萨米叔叔家。除了学习，我已经好几天没有做过任何事情了。妈妈听后，欣然同意了。

坐在公交车上，我没有去想萨米叔叔、爸爸、妈妈、懒小子和那棵摇钱树，也没有为即将到来的考试而焦虑。

我戴上耳机，让音乐的旋律充满双耳，将头轻轻倚在车窗上。随着公交车的颠簸，我开始幻想未来的十五年。这样的幻想，总是让我感到无比愉悦……

十五年后的我，已经住进了属于自己的房子。在我的想象中，姐姐、哥哥和爸爸妈妈依然住在同一个屋檐下。而我，则享受着独居的自由与宁静。我并不在意这些，让他们去为家庭琐事操心吧。那时的哥哥，已经是个成熟稳重的大男人了，他是不是也像我一样搬出去住了？

不管怎么样，我迈出家门，跨上自行车，很快就来到了店门口。一股热腾腾的面包香味迎面扑来，我忍不住深深吸了一口气。师傅已经把今天烘焙的第一批面包送进了烤箱，店里只有零零散散的几个顾客。毕竟才早上七点，大多数人还沉浸在梦乡里。我摘下前一天闭店前洗好的围裙，系在腰间，走进后厨，开始了忙碌的一天。在这里，面包是我的生活主旋律。我不断地尝试新的配方，探索不同的口感和风味。有时，店里会举办“面包制作工坊”的活动，我会站在台前，手把手

地教顾客们如何烘焙出美味的面包。当他们捧着自己亲手烘焙的面包心满意足地离开时，我的脸上也洋溢出幸福的微笑。

晚上，店里会迎来一些特别的客人——我的爸爸妈妈。他们总是来这里品尝我做的面包，尤其是我为他们特制的小面包，那是他们的最爱。光吃面包并不能完全满足爸爸的胃口，他还想要搭配一些炖肉。好吧，我来做。于是，我会精心烹饪羊排或者炖煮羊肉，并用梅子和杏仁作为调料，增添肉的风味。每当看到他们吃得津津有味，我就感到无比满足。

吃饱喝足后，爸爸会用餐巾轻轻擦拭嘴角，眼中闪烁着自豪的光芒，拍拍我的肩膀，笑着说："女儿，真庆幸当初你没听我们的话，坚定地选择了这份事业。你做得多出色啊，我为你感到骄傲。你不仅能够自食其力，还把工作做得风生水起。这份工作真的很适合你。"

我趁机开口说："爸，其实我正打算跟你商量一件事。我想把面包店交给你们打理，我想去探索一些新的领域。"

我爸妈听后，一定会露出惊讶的表情："不是开玩笑吧？”让他们说去吧，我并不在意他们的反应，因为我知道自己在做什么。有时，我也会对着镜子问自己：“我真的要这么做吗？”但每次我都会坚定地告诉自己：“没错，面包店是我心爱的事业，但我还有其他热爱的事情等待我去探索。”

我为什么要被束缚在一份工作上呢？我对“永远”这个词感到困惑。人们总是希望一切都能保持原样，害怕打破现有的舒适圈。就比如，我们找到一份工作，就会想着一直干到退休。就像爸爸，他已经兢兢业业地在同一家单位工作了三十年，每天迈进同一扇门，做着相同的工作，然后再踏出同一扇门。这样的生活模式让我感到不解：为什么我就不能尝试不同的工作呢？为什么我就不能读很多所大学，体验不同的校园生活呢？

现在，我的梦想是成为一名面包师。是的，但也许未来的日子里，我会想要成为别的什么人。我会告诉自己：“我已经受够了这种单调乏味的生活，我已经过够了。尽管我很满足于现在的生活，但是我想追求更多的刺激和挑战。”这正是我在想象中的那顿晚餐上，期望对爸妈表达的想法。

哎呀！

当我想象着自己说出这段话的时候，公交车已经稳稳地停在了目的地。我立刻起身下了车，踏上了那条小路。不一会儿，保安出现在我的视野里。他站在门口，目光如炬。但这一次，他没有像上次那样把我当成来借钱的乞丐。相反，他的眼神中透露出一丝亲切和敬意，仿佛我是这家有钱人的朋友一般。

“我们一直在等你呢，快进来吧。”保安热情地招呼着。

“你们在等我？”我有些惊讶地问道，“我可没告诉你们我要来，你们怎么会知道？难道你们等了好几天了吗？”

保安微笑着摇了摇头：“我们不知道你要来，但我们知道你来过。”

他仰起头，示意我看向高处。我顺着他手指的方向望去，只见萨米叔叔站在屋顶上，手里拿着望远镜，正专注地东张西望。我心中顿时明了，没有再继续追问了。

我多少猜到了他站在那里的原因。对于萨米叔叔来说，仅仅依靠监控摄像头的视角是远远不够的。他需要亲自到现场，亲眼查看每一个细节，不能放过任何蛛丝马迹。我对此早已司空见惯，丝毫不感到惊讶。

“嘿，叔叔，您忙着呢？是我上屋顶，还是您下来？”我大声喊道。

萨米叔叔探出头来，回答道：“把你阿姨喊过来。我下去，让她上来守着。”

这时，我才恍然大悟，夜里阿姨值班竟然是为了守着那棵摇钱树！我之前想过很多种可能，比如药剂师值班、医生值班、警察值班……但万万没想到，他们竟然是为了摇钱树值班！

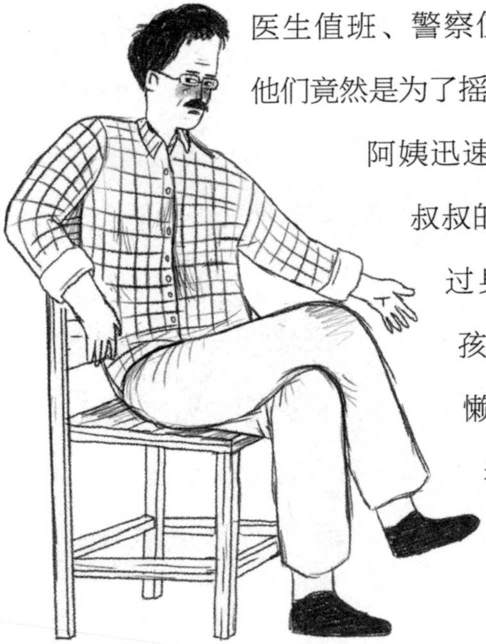

阿姨迅速爬上屋顶，接替了萨米叔叔的位置。萨米叔叔这才转过身来，对我说：“好了，孩子，我们进去吧。你的懒朋友在里面。”他嘴角挂着一丝冷笑。

我开门见山地说：

“萨米叔叔，我是来找您的，我们单独聊聊吧。”

萨米叔叔显得有些好奇，也带着一丝紧张，点点头说：“好吧，你想聊什么？”

我直截了当地切入主题：“萨米叔叔，您儿子叫什么名字？”

他皱起眉头，想了想，想了又想。

“我儿子叫什么名字来着？”他自言自语地嘀咕。

我耐心地等待着，但他迟迟没能想起来。终于，他忍不住对着屋顶大喊道：“喂，我们的懒小子叫什么名字？我突然间想不起来了。”

接下来，周围陷入了漫长的沉默。我静静地等待着，不知道阿姨会给出怎样的回答。过了一会儿，一个声音从屋顶传来。

阿姨说：“当时，你说要给他取你爸爸的名字，提议叫他杜兰。而我呢，也想给他取我爸爸的名字，于是，我提议给他起名为乌萨尔。我们讨论了很久，最后我们到底选了哪个名字？好吧，说真的，我现在也不记清了。就叫他懒小子吧，你觉得怎么样？反正每次我这么叫他的时候，他都会看着我。”我简直不敢相信自己的耳朵。

“我想起来了！我想起来了！”萨米叔叔激动地拍了拍手，“我们当时的确讨论的是把‘乌萨尔’和‘杜兰’，这两个的名字都放进去。我们家姓卡亚，所以我们的孩子就叫乌萨尔·杜兰·卡亚，但因为这个名字实在太长了，我们嫌麻烦就没这么叫过。我们还是习惯性地叫他懒小子，你也可以这么叫他。名字而已，没什么大不了的，何必在意这个呢？”萨米叔叔说。

你们给孩子起名叫乌萨尔·杜兰[1]，结果还困惑：为什么他不爱动呢？他可能爱动吗？看看这名字的寓意，你们

1 “乌萨尔”和“杜兰”在土耳其语中的含义是“懒惰的”“静止的”。

简直想尽一切办法让这个孩子安静一点儿！

我斩钉截铁地说："萨米叔叔，请不要再叫你儿子'懒小子'了。"

萨米叔叔不解地看着我，问道："为什么？"

"他有自己的名字。"我说。

"那个名字太长了，我们已经习惯了这么叫他。"

"那就叫他'儿子'，比'懒小子'这几个字还短。"

他数了数字母，若有所思地点点头，说道："好吧，我会试着这么叫他。你来这里干什么，就为了说这个？"

"不，萨米叔叔。"我摇摇头说，"我还想跟你说点其他的。萨米叔叔，这个孩子不能就这么无所事事地度过一生。我们得给他规划一个明确的发展方向。"

"算了吧！谁在乎这个懒小子呢？"萨米叔叔不耐烦地挥了挥手，"如果你想送他去上学的话，我告诉你，他是不会去的。"

"那我们就给他开个公司吧！"我说道，"让他自己当老板，怎么样？"

萨米叔叔抬起头，似乎想拒绝这个提议。他不以为然地说："侄女，你为什么不开一家公司呢？我们家已经足够富裕了，就让他舒舒服服地在家里躺着吧，在我们眼前躺着。"

"可是，他已经躺了好几年了，让他起来做点有意义的事吧。与其在屋顶上站岗，您不如也做点别的什么。想想看，萨米叔叔，你完全有机会当老板，你怎么忍心拒绝这样的好事呢？"我说。

显然，萨米叔叔已经放弃了对这个孩子的期待。但是，他爱他自己。于是我走到他面前，继续说道：

"萨米叔叔，还记得吗，你和我爸爸在同一家工厂工作的时候，我还是个懵懂无知的孩子。那段时间，你们每天都在辛勤劳动，为了生活而奔波。还记得你被无故解雇的那一天吗？你痛哭流涕，仿佛失去了整个世界。"

"你怎么知道？"他眯起眼睛，我知道这段往事对他的影响很大。我深吸了一口气，继续往下说。

"萨米叔叔，那天我爸爸哭着回了家。他泪流满面地告诉我们，你在厂里受了委屈。看到他如此伤心，我妈妈也忍不住流下了眼泪。我们不忍心看到妈妈流泪，也跟着哭了。那天晚上，我们一家人都为你难过流泪。现在，是时候为你讨回公道了。萨米叔叔，你自己开一家工厂吧。当你坐在厂长的高位上，你就可以和当年解雇你的老板在同一个商会注册，你们可以平起平坐了。想想看，你们都是老板，在你的工厂里每个人都会受到公平对待，没人会受委屈，没人会哭泣。”

我动之以情，晓之以理，我的话虽然有些夸张，但我相信情感的力量能够打动他的心。如果我能够说服他，我就能以某种方式利用那棵摇钱树，为国家做出一些贡献。

“侄女，那我们要开什么工厂呢？”萨米叔叔的眼中闪烁着期待的光芒，他终于问出了我等待已久的问题。我

心中一阵欣喜，我知道自己已经成功地说服了他。如果之前他还对这个想法半信半疑，那么现在，他已经迫不及待地想要开始行动了。

“萨米叔叔，我们可以为国家填补空缺。国家缺少什么，我们就做什么。我们可以自己生产所有需要进口的商品，国家会因为您的这些举动变得越来越繁荣。到了那个时候，您的名字将被每个人熟知。”

我兴奋得手舞足蹈，说起来轻松，但要真正建起一座工厂谈何容易。金钱，是把万能的钥匙，只要有钱，一切都好办。如果没有钱，再美好的梦想也只能是空中楼阁。聪明人如云，热情似火的创业者遍地都是，但缺了资金，一切都只能被束之高阁。只要萨米叔叔点头同意，剩下的事情就交给我吧。只要萨米叔叔不轻言放弃，我们一定能携手共创辉煌。

“我先和你阿姨商量一下，你等我的消息吧。”萨米叔叔说。

我把一张写着我家地址和电话号码的纸条递给了萨米叔叔。虽然他之前保存过我的电话号码，但现在这样做没什么不好。我递给他我的手工名片，说明我已经适应了商业市场的规则。

我满怀期待地说："您好好考虑一下，然后给我个答复吧。"

现在，萨米叔叔手中仿佛掌握着整个国家经济发展的命脉，我只能压抑住内心的激动，耐心等待。

与萨米叔叔道别后，我踏进了他家的大门。那个男孩依旧坐在熟悉的角落里，时间仿佛在他身上停滞不前。我关切地问道："乌萨尔，你最近怎么样？"他却一脸茫然。

"亲爱的杜兰，我在跟你说话呢！"我提高音量，试图引起他的注意。然而，他依旧毫无反应。

我不甘心，再次喊道："喂喂喂！乌萨尔·杜兰·卡亚，我说你还好吗？我到底在跟谁说话？"

他终于抬起头露出困惑的表情，说："你在跟谁说话？"

"跟你。"我耐着性子回答道。

"跟我？"他似乎更加不解了。

"你不是叫乌萨尔·杜兰·卡亚吗？"我提醒道。

“是吗？”

“不是吗？”

我们陷入了无尽的循环中，这场对话仿佛变成了一场荒诞的闹剧。这个可怜的家伙竟然连自己的名字都不记得了。

“你不知道自己的名字吗，哥们儿？没人告诉过你你的名字吗？”

“没有，我完全不记得了。”他羞愧地低下头，“我的意思是，你知道的，他们通常叫我懒小子什么的。”

我上前一步，紧紧地抓住他的肩膀，迫使他直视我的眼睛：

“你并不懒，你一点也不懒。你是个好孩子，他们才是懒惰的人。他们从未真正尝试去了解你，去解决你面临的问题。他们选择了最简单的方法——忽视你。这对你一点儿也不公平。但是你要知道，我永远站在你这边，乌萨尔。顺便说一句，你的名字是乌萨尔·杜兰·卡亚。不要忘记了！虽然这不是个有行动力的名字，但先将就一下吧。”

说到这里，我们都忍不住笑了。那一刻，我惊喜地发现，这是我第一次看到乌萨尔露出笑容。

言出祸随，口快招灾

第二天傍晚，门铃突然响起，打破了家里的宁静。阿姨，也就是乌萨尔的妈妈，正站在门外，她的脸色铁青，目光锐利地盯着开门的妈妈，怒气冲冲地说："叫你女儿出来！"

我在家里就能听到外面的一举一动。

妈妈微微一愣，问道："哪个女儿？我有三个女儿呢。"

阿姨不屑地撇撇嘴，冷笑道："叫那个人精，那个骗子。"

"我没有这样的女儿。我的孩子都很诚实，我想你可能误会了。我的小女儿非常聪明，你说的可能是她吧？稍等，我这就叫她过来。"妈妈眉头紧锁地说。

看看我妈妈！她多么坚定地维护我。

我冲出房间，跑到门口。

阿姨一看到我，立刻大喊道："就是她！我看到她了！"

接着，她尖叫道："听我说，别老是来打扰我的家人。真的受够了，我们有必要和你一起努力吗？我们不想建工厂，也不想造福所有人……你以为我们那么天真吗？离我丈夫和儿子远点！你真的应该庆幸，我没报警。是啊，我应该说你要抢劫我们，然后把你拖到警察局去。想让我们给你出钱，别做梦了！"

这时，我哥哥从屋里走了出来。他刚下班，身上还穿着笔挺的制服。

"欢迎光临，女士，"他对阿姨说，"我是警察，刚刚我听到了你的投诉。既然你就在我们家门口，不妨和我说说你遇到了什么麻烦？"

阿姨被突然出现的"警察"吓了一跳，退后了两步。她不是打算报警吗？怎么看到真正的警察站在她面前时，却哑口无言了。

我趁机和她解释道："阿姨，您误会我了！我真的没有任何坏心眼，我只是觉得，你们的摇钱树就像一个财宝。我做过很多调查，如果有人发现了财宝，需要把一半捐给国家。虽然这棵树是在你们的花园里发现的，但我们不能确定花园的界限。如果国家土地登记处来测量的话，也许会判定这棵树在你们的花园外。如果测量结果为这棵树在国有土地上，他们就会把树连根拔起。之前，我只是向萨米叔叔建议，应该在树被拔走前做点什么。我真的没有别的意思。不管怎么样，如果您非要闹到警察局，那我们就去吧。"

我心里暗自得意，学校布置的调研作业这次真的派上大用场了。

阿姨听了我的话，情绪突然更加激动起来："我们没有摇钱树！啊啊啊啊！你这个骗子！我们也没有钱。萨米失业了，我们每个月都靠失业救济金生活。如果你有钱的话，就给我们吧！"

她的声音越来越大，像一列失控的火车。妈妈见状，急忙冲上前去，一把关上门，轻声说："言出祸随，口快招灾……”

这是妈妈最喜欢挂在嘴边的一句名言。

还有一句话，妈妈也同样喜欢。那就是：“感谢你爸爸不在家吧！”

虽然我爸爸不在家，但其他人都在家。在我们家，每个比我年长的人都有权利对我进行谆谆教诲、大发雷霆，或者毫不留情地批评我。

他们仿佛无所不知，无所不晓。当我路过客厅时，他们像机关枪一样扫射过来，接二连三地重复着我最讨厌听

到的话：

“关你什么事？你管人家花园里的树和钞票干什么？”

“管好你自己！好好学习，管别人干什么？”

“还有几天就考试了，你还有心思关心这些？”

“你只对这种事感兴趣，荒谬的好奇心……”

“就算一半的财宝要捐给国库，你能决定吗？你能决定吗？”他们的声音在空气中回荡，带着一种无法言喻的轻蔑。

“她还在做梦呢，她的白日梦还没有结束！她可是一个怀揣着烹饪梦想、想开面包店、想去意大利的人。可现实是，我们连黑海高原都没来得及去呢。每年，我们都会满怀期待地计划着，想要踏上那片神秘的土地。可是，年复一年，我们总是被各种琐事牵绊，那个美好的计划，就像一张未曾兑现的旅行支票，始终静静地躺在抽屉的角落里。”

“哎，真的，我们今年就去吧！”

然而，他们很快被拉回了现实。

我知道，那些美好的计划、那些遥远的梦想，在他们看来总会在不经意间，被琐碎的日常淹没。今年，他们依旧会待在这个熟悉的小城里，依旧无法踏上那片向往已久的土地。不是担心天气太热，就是害怕天气太冷，要么就是忧虑阴雨连绵，还有“去哪里住？有没有必要？与其去这里，不如去那里。我们用去旅行的钱买这个东西好了，现在谁还会跑那么远呢？”。总之，他们总是能找到各种各样的理由来推迟那个遥不可及的旅行。

他们希望我像他们那样，一步步按照既定的轨迹长大。他们期盼我尽早跨过中考的门槛，高中毕业，然后步入大学，想象着我一毕业就能找到稳定的工作，和他们在同一座城市打拼。和他们一样，一边制订着永远都无法实现的假期计划，一边眼巴巴地看着朋友们出国度假的照片，感叹：“他们的人生多美好啊……”

然而，我的内心却住着一只渴望飞翔的小鸟，对未知世界充满了无尽的向往和好奇。我不想被束缚在这个小小的城市里，过着平淡无奇的生活。

我回到自己的房间，轻轻地关上门，仿佛隔绝了外界的一切喧嚣，全身心地沉浸在学习中。接下来的一个月里，我几乎成了小小的囚徒，只有用餐时才会踏出房门。关于那天晚上发生的事情，他们选择了默默地替我隐瞒，好在我也没有机会见到爸爸。这个话题就这样悄无声息地消失了，仿佛它从未存在过一样。

在我们家，只要我埋头学习，好好上课，取得优异的成绩就足够了，这就是他们对我全部的期望。然而，我并不满足于此，我不想成为他们中的一员。我不想和任何人一样，我只想做我自己，做独一无二的我自己！

如果我选择走自己的路，做与众不同的那个人，注定会面临他们的嘲讽和讥笑。他们会喋喋不休地说："不知道你跟谁学的！”他们会质疑我：“你和我们不一样！”他们会冷漠地排斥我：“你不是我们家的人！”他们会坚决地拒绝我：“你这样，我们接受不了。”这些话语像尖锐的箭矢，刺痛着我的心灵。面对这种情况，我感到无比不安和迷茫。

一天晚上晚饭过后，他们泡好了香浓的茶，喊我去客厅喝。我们一家人围坐在客厅里，一边嗑着瓜子，一边刷着手中的手机，或者盯着电视屏幕。

如果说只有爸爸妈妈就算了，我的哥哥姐姐们是怎么了呢？他们都是年轻人，这个年纪本该出去追求自己的梦想，实现自己的价值。然而，他们却选择了安逸和舒适，选择了随波逐流。坐在沙发上玩手机、嗑瓜子算什么？

“哎呀，哎呀！今年的水果肯定得涨价！”我妈妈开口说。

我好奇地抬头一看，电视屏幕上正在播放一则新闻：“冰雹袭击，农民又遭殃了。”一个自称村长的人正愁容满面地解释着冰雹对农田造成的毁灭性打击。画面中，那些原本绿油油的田地，现在已经一片狼藉，农作物被冰雹打得七零八落。

妈妈盯着电视，心疼地说：“太可怜了，损失这么惨重。”然而，她话锋一转，又叹了口气，“唉，这样一来，水果的价格肯定要上涨了。”

哥哥听后，在一旁用手比画着冰雹的大小，说道：“我说昨天是怎么回事儿呢，车窗都砸碎了，原来是下冰雹了！”

爸爸则摇摇头，严肃地把话题上升到了政治层面：“我们国家哪儿还有农民？”

我实在听不下去了，于是找了个借口站了起来：“我去做测试卷。”我不想再听他们对接下来的新闻做出任何评价。我知道，每个人都有自己的看法和立场，而我只想保持中立和客观。

第二天是周末。清晨的阳光透过窗户洒在我的脸上，温暖而明亮。我早早地从床上爬起来，坐回到书桌前，准备开启新的一天。

八点零五分，短促的电话铃声打破了屋里的宁静。我拿起电话一看，是萨米叔叔的来电。他略显慌张地说：“快过来！”然后不等我回应，就匆匆挂断了电话。我愣住了，怎么了？发生什么事了？我想问个清楚，但电话已经挂断了。

我烦躁地挠了挠头发，心里充满了疑惑和不安。过去干什么啊？再多说几个词不行吗？难道我是你的员工吗？就算我是你的员工，你也不能只告诉我“快过来”吧？不管怎么样，起码告诉我原因吧！再说了，我怎么才能快过去呢？我要坐公交车。如果我过去碰到阿姨怎么办？她一定会质问我：“你怎么又来了？”我根本没法应对她。“算了吧……”我又把头埋在了试卷里。

但是，我还是忍不住想知道发生了什么。我犹豫了片刻，最终还是决定去看看。毕竟，萨米叔叔平时对我不错，而且他的声音听起来确实很着急。我穿好衣服，走出房间，在走廊上遇到了妈妈。

“这么早，你要去哪儿？”她惊讶地说。

“妈妈，刚才萨米叔叔打电话过来，让我快点去他家。”我解释道，“肯定出什么事了。我过去看看，顺便透透气。”

我看出了她眼中的担忧，补充道：“我保证不会惹事。”

妈妈温柔地拍了拍我的肩膀，说：“我知道了，宝贝。我女儿那么聪明，一定知道该怎么做，去吧，别晚了。”

我感激地点了点头，亲吻了妈妈的脸颊，然后离开了家。

坐吃山空，痛改前非

我忐忑不安地踏上了通往萨米叔叔家的路，心中满是疑惑。尽管我努力让自己不要去想最坏的情况，但萨米叔叔那急促的声音和简短的命令，始终在我耳边回荡。

我忍不住设想了各种可能。是不是萨米叔叔家里出了急事？他为什么会急着给我打电话？难道他没有其他亲戚朋友可以求助吗？或许，他之所以选择打给我，是因为只有我知道那个秘密——那棵神奇的摇钱树。

又或许是萨米叔叔说服了他的妻子，打算把摇钱树交给我管理。“来，孩子，让我们一起建个工厂，发展经济，降低失业率吧。”这样的话，我得提前做好心理准备，以便在见到他时能够镇定应对。

当我抵达萨米叔叔家时，门口的保安用一种异样的眼神看着我。他咬着下唇，左右摇头，仿佛在告诉我：有一场灾难正在等着你。我的心扑通扑通地跳个不停，我迈着沉重的步伐走了进去。

房间里的景象让我瞬间呆若木鸡。萨米叔叔和他的妻子泣不成声。我心头一紧，急忙跑进屋里，查看那个男孩的情况。谢天谢地，看到他安然无恙地站在那里，我悬着的心终于放了下来。我走上前，不由自主地张开双臂抱住了他。

“你爸爸打电话叫我过来，发生什么事了？”我急切地问。

“那是我用他的电话打的。”他平静地回答。

“那你至少告诉我你是谁啊！你说了三个字就挂了，害得我以为是你爸爸呢。”我抱怨道。

他耸了耸肩，似乎并不想多说什么。他一定是懒得说话，在他看来“快过来”这三个字已经很长了。

“发生什么事了？为什么你爸妈在哭？你为什么站着？”我环顾四周，试图找出他们哭泣的原因。更让我好奇的是，为什么这个男孩是站着的。是的，我已经习惯了看到他坐着或是躺着。我的目光落在了那个男孩身上，他的手、脸和衣服上都沾满了泥土。

他伸出手，缓缓掀开薄纱窗帘。我顺着他的手往窗外望去，顿时惊呆了。原本枝繁叶茂、金光闪闪的摇钱树不见了，取而代之的是一根空荡荡的树干。

“昨天，大颗大颗的冰雹砸下来，”男孩的声音很沉重，仿佛带着无尽的忧伤，“摇钱树的树枝被砸断了……”

我站在窗前张了张嘴，却一句话也说不出来，只是默默地注视着他。

他继续说道：“我爸妈很生气。”

“他们生谁的气？”我疑惑地问道。

“他们生我的气。”他低声回答道。

“为什么，哥们儿，又不是你的错？这跟你有什么关系？”

他叹了口气，说道：“从昨天开始，我爸爸就一直在质问我，为什么我只种了一棵树？”

我心疼地看着他，问道：“他对你做了什么？你怎么会满身都是泥？”

他低头看着自己沾满泥土的衣服和双手，苦涩地笑了笑，说道：“他们让我把硬币种到土里。直到天亮，我把身上所有的硬币都种上了。但是，一棵树都没长出来。哥们儿，求你帮帮我吧，这就是我找你来的原因。”

我的思绪如一团乱麻，昨晚新闻里的画面再次浮现在我的脑海。村长泪眼婆娑地描述着农田里损失有多惨重，再看看这里呢！冰雹不但无情地摧毁了果树，让农民们的心血付诸东流，还砸坏了这棵神奇的摇钱树！

面对这个男孩，我该说些什么呢？难道我要告诉他，我们所有人都将面临艰难的日子，甚至连水果都吃不上了吗？我该如何安慰他？我绞尽脑汁，却不知道该如何帮他走出困境。

最终，我只能无奈地说："我很难过。"即使这和我并没有什么关系，但我得这么说。

他抬起头，看着我，笑着摇了摇头，说："没关系，我并不难过。现在这样也挺好的。"

我的眼中闪过一丝惊讶。

"你是对的。上次你离开后，我独自一人思考了很久。起初，我沉浸在那种奇妙的感觉中。我是说，把硬币种到土里，然后看着它奇迹般地发芽，长成一棵摇钱树。世界上最不可思议的事情，竟然降临在我身上。我的爸爸妈妈，他们以前总是对我爱搭不理，但突然间对我呵护备至。说实话，那段时间我真的很开心，因为我感受到了一种成就感。然而，你的到来让我意识到，这并不是我真正的成功，而只是一种侥幸。如果再让我尝试种一棵摇钱树，我恐怕无能为力。果不其然，我已经尝试过了，并且以失败告终。我们的摇钱树消失了，我们的财富也随之消散。虽然还有一些之前摘下来的钱叶子，但我们不能一直依赖那

些生活。哥们儿，现在我该怎么办呢？请你帮帮我，告诉我该怎么做才能摆脱这个困境。”

现在该怎么办？

与其回答这个问题，我宁愿去解答那些印在书本上的土耳其语、数学或者自然科学难题。我可以像跑一场永无止境的马拉松一样不停地学习，不停地做题。我可以参加无数的考试，直到生命的最后一刻。我可以刚结束一场考试，就立刻投入下一场考试。

相比现实生活中的种种困惑和难题，这些考试中的问题都显得如此简单。

首先，这个男孩必须坚信，他不是一个懒惰或者无用的人。他的价值不是由别人的评价来定义的，而是取决于他自己的信念和行动。

这让我想起了我自己的一段经历。记得我读中学的时候，数学成绩一直不尽如人意。每次面对数学题，我总是感到束手无策。我的小学老师甚至曾经对我说：“你永远也学不会数学这门课！”那时的我，深信不疑地认为自己注定无法学会数学。

然而，在我刚升入中学的那个星期，情况有了改变。我向新数学老师坦诚地表达了自己的困惑和挫败感，我对他说："我数学不好，反正我肯定学不会。"课堂上，他什么也没说。课间休息时，他走过来，拍了拍我的肩膀，微笑着对我说："不要说'我学不会数学，我数学不好'这样的话，我相信你能行的，这不是多难的事情……"

他的话语仿佛具有魔力一般，原本复杂难解的数学题目突然变得简单起来。他耐心地引导我，一步步地探索数学的奥秘。他告诉我："首先，你必须了解数学。如果你了解它，你就会喜欢它。如果你喜欢它，你就能学会它。"事情确实像他说的那样。

在他的悉心指导下，我逐渐发现了数学的趣味和魅力。我开始主动地思考问题，积极地寻求解决方案。经过一段时间的努力，我的数学成绩有了显著的提高。我不仅学会了数学知识，更重要的是，我找回了自信和勇气。现在，毫不夸张地说，我几乎是学校里数学最好的学生了。

我迈开脚步，走到男孩身边，张开双臂紧紧地拥抱住他，就像我的数学老师曾经鼓励我那样。

“别再贬低自己，说‘我很懒，我不会做’了，”我温柔地对他说，“你不是那样的人。我们一定能找到解决问题的方法，相信自己！”

他淡淡地笑了笑，仿佛在说：“我们一起面对吧，没什么大不了的……”

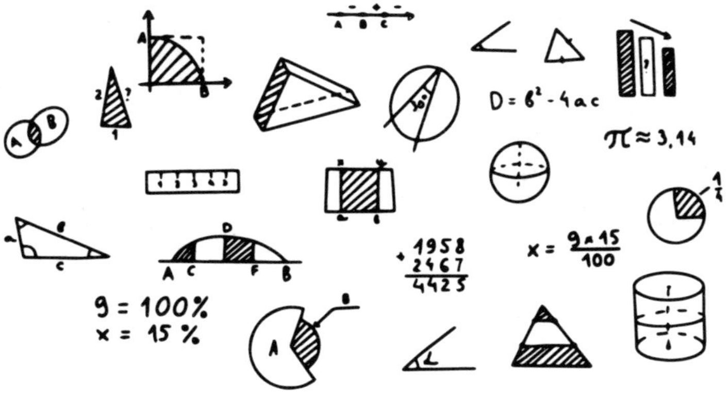

12

见微知著，
及时止损

那天回家的路上，我感到心烦意乱。那个男孩的问题让我头疼不已，况且我已经信心满满地向他承诺：“我们会解决的，没什么是我们不知道的。”说起来很容易，但是现在只剩下一步了：

我该如何兑现我的承诺？

我一进家门，就看到妈妈和姐姐们正在厨房里忙碌。她们看见我回来，纷纷招手示意我加入她们的行列：“洗洗手，一起来包卷饼吧，转移一下注意力。”我一直不明白爸爸妈妈为什么总是执着于让我转移注意力。

“来喝杯茶吧，转移一下注意力。”

“去散散步吧，转移一下注意力。”

“聊聊天吧，转移一下注意力。”

她们总是说类似的话。可是，我不需要转移注意力。相反，我需要集中注意力，我得尽快厘清思绪。但是她们似乎永远无法理解我的想法。我只能默默地坐下，一边用叶子裹着酿葡萄叶，一边品味那独特的清香。

我喜欢生吃酿葡萄叶。我刚把一片叶子放入口中，妈妈就急忙喊道：“别吃了！晚上会有客人来。万一你肚子疼，就不能一起吃饭了。”晚上会有客人来？是谁呢？我心中充满了好奇和期待。

“惊喜！”他们神秘地说。我绞尽脑汁，猜测可能来的人。我猜了很多人，但都没猜对。我的好奇心越来越重，盼望着晚上快点到来。

终于，门铃声响了。我迫不及待地跑到门口，打开了门。是尤努斯哥哥！我简直不敢相信自己的眼睛！他回来了！尤努斯哥哥是我姑妈的儿子，我非常喜欢他。他一直在国外旅行，给杂志撰写游记。我从未见过像他这样热爱旅行的人。我不知道他是什么时候回来的，这个消息让我欣喜若狂。

尤努斯哥哥一进屋，目光就落在了餐桌上。他深吸了一口气，脸上露出了怀念的神情：“啊呀，我发誓，我最想念的就是努兰姐姐做的饭菜了，尤其是那美味的酿葡萄叶……”

整个用餐过程中，欢声笑语不断。尤努斯哥哥给我们讲述了他旅行途中的奇闻异事，他幽默风趣的语言让我们捧腹大笑。尤努斯哥哥还拿出了他的宝丽来相机，给我们拍了两张合影。虽然现在大家都习惯用手机拍照，但尤努斯哥哥却偏爱这种老式的相机。他说，宝丽来相机拍出的照片更有质感，更能留住瞬间的美好。我们围坐在一起，任由尤努斯哥哥捕捉我们最自然、最真实的笑容。这些照片，将成为我们珍贵的回忆，永远珍藏在心底。

他把其中一张照片递给了妈妈，说："这张您留着吧。"照片的背景是温馨的餐桌和美味的食物，照片上我们的笑容灿烂如花。然而，我的全部注意力都被尤努斯哥哥吸引，我迫不及待地想听他分享新的故事。

我眨着眼睛，好奇地问道："尤努斯哥哥，你这次又去了哪个神奇的国度？"我对他的旅行经历充满好奇，他绘声绘色的描述总是让我心驰神往。

他神秘地一笑，透露道："这次我探访了多瑙河流经的一个神秘部落。"多瑙河畔的部落？那是什么地方？尤努斯哥哥的话激发了我无尽的好奇心。幸运的是，尤努斯哥哥并没有让我久等，他开始讲述这场冒险经历。

"啊哈！人们总说多瑙河是欧洲的颈动脉，真是名不虚传！我一直对多瑙河情有独钟。但是以前，我只能看到它某一段的样子，无法窥见其全貌。这次可不同了，我从它的发源地开始，追随它流淌的足迹，直至它汇入浩渺的黑海。

"多瑙河这条欧洲的巨龙，发源于德国。它奔腾不息，穿越奥地利的阿尔卑斯山，掠过斯洛伐克的平原，勇往直前，流经匈牙利、克罗地亚、塞尔维亚、罗马尼亚、保加利亚……你以为它会就此停歇吗？不，它继续前行，穿越摩尔多瓦的田野，抵达乌克兰的辽阔土地！多瑙河以它的坚韧和毅力，跨越了十个国家的疆域，最终汇入了深邃的黑海。这是一幅多么壮丽的画卷啊！”

尤努斯哥哥的话语仿佛赋予了我一双翅膀，让我渴望亲眼见到这条伟大河流的风采。他神秘地补充道：“你知道吗，有一个美丽的传说。当你站在布达佩斯的岸边，凝视着多瑙河时，只有真心相爱的人才能看到河水呈现出迷人的蓝色。而其他人，只能看到普通的绿色。我亲自去验证了这个传说，但我不会告诉你我看到的是什么颜色。这个秘密，等你亲自去揭开吧！”

然后他伸出手，拿起了那把陪伴他四处漂泊的小提琴。尤努斯哥哥总是这样，他的身上似乎蕴藏着无尽的艺术气息，无论是悠扬的小提琴，还是深沉的巴拉玛琴，都是他情感的出口，也是他与世界沟通的桥梁。他总是随身带着这两样东西。每次来访，他

总会带来美妙的音乐，让我们沉醉其中，仿佛置身仙境。

这一次，尤努斯哥哥选择了一首长达几分钟的曲子。我闭上眼睛，任由音乐引领我的思绪飘荡。在尤努斯哥哥的琴声中，我仿佛与他并肩，在多瑙河上乘风破浪，游历那些美丽的国度。我能感受到河水的波涛汹涌，也能领略到两岸的风光旖旎。这就是旅行的魅力所在啊，可惜我只能在心中描绘出这幅美丽的画卷……

当最后一个音符缓缓落下，我睁开了眼睛。尤努斯哥哥正微笑着看着我，眼中闪烁着期待的光芒："你知道这首歌曲是什么吗？"我摇了摇头："虽然我不知道它的名字，但这曲调如此悠扬，让我仿佛置身于多瑙河之上，乘坐着小船畅游其中。"

"哈哈，你真是个聪明的孩子！"尤努斯哥哥高兴地笑道，"这首曲子是施特劳斯的*The Blue Danube*，也就是圆舞曲《蓝色多瑙河》，是他专门为多瑙河创作的。这首曲子不仅旋律优美，而且充满了对多瑙河的热爱和敬意。现在你知道为什么它能让你如此陶醉了吧？"

我点了点头，由衷地感叹："真的令人印象非常深刻。"

“但是你看，还有一件事。”说着，他拿出了巴拉玛琴，开始热情洋溢地演唱了一首歌曲。

他们说多瑙河不会流动，
说它不会遭到破坏。
伟大的奥斯曼·帕夏！
承诺不会抛弃普利文[1]！

敌人已渡过多瑙河，
袭击了我们的前哨。
奥斯曼·帕夏一声令下，
五千门大炮同时开火。

我们都熟悉这首奥斯曼帝国军歌，因此全家人齐声为尤努斯哥哥伴唱。那激昂的歌声在屋子里回荡，仿佛能穿透时空，将我们带回那个战火纷飞的年代。

唱完之后，尤努斯哥哥缓缓地放下巴拉玛琴，说：“这

1 普利文：多瑙河畔保加利亚的一座城市。

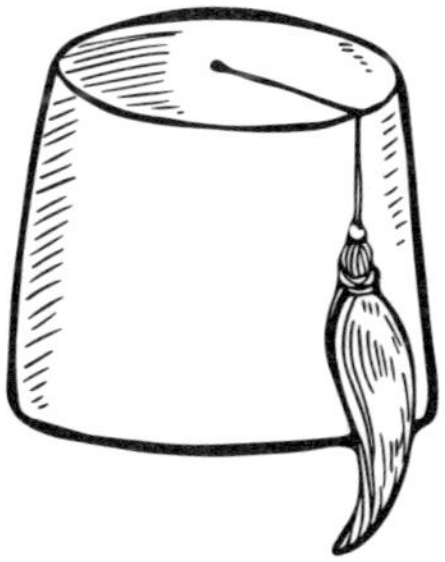

是一首歌颂俄土战争期间帕夏保卫普利文要塞而谱写的军歌。你知道奥斯曼·帕夏在这场战役中被俘了吗？”

我摇摇头说：“不知道。”

“好吧。那场战役结束后，帕夏虽然被俘，却被授予了‘加齐[1]’的称号。如今，安卡拉和伊斯坦布尔都有城市以英雄奥斯曼·帕夏的名字命名，以此纪念他的英勇事迹。我想那个奥斯曼·帕夏，就是这首军歌中的令人敬仰的英雄。”

尤努斯哥哥是如此博学多才，让我惊叹不已。他知道得太多了，我妈妈称他为行走的百科全书。直到今天，我都不曾了解过这些。我很好奇，尤努斯哥哥学的是哪个专业。

他对各地的风土人情了如指掌，我曾猜想他或许是位地理老师。他的步伐遍布世界每个角落，我又猜想他可能是旅游专业毕业的。但是，他对历史也很熟悉，总能把历史事件讲得栩栩如生。谁知道呢，也许他学过历史。除此

……………

1　加齐：国家授予的荣誉称号。

之外，他还是一位音乐天才，小提琴和巴拉玛琴都拉得很好，这让我猜测他或许毕业于音乐学院。然而，他也是一名摄影师，他用镜头捕捉了许多美丽的瞬间。我不知道他是否攻读过这些专业，我想，要想知道答案，最好的方式就是直接问问他。

“尤努斯哥哥，你是哪个专业毕业的？”我好奇地问道。

“我今年会参加考试。”尤努斯哥哥平静地回答。

“你的意思是说，你还要再读一次大学吗？”我有些不解。

“如果这次我考上了，那将是我第一次读。”他微笑着解释。

我愣住了，惊讶地说：“你以前没想过上大学吗？”

“不能说我没想过上大学，应该说我上不了大学。”尤努斯哥哥的回答让我更加困惑。

“那你是怎么懂得这么多知识的，尤努斯哥哥？我还以为你读了不止一个专业呢。”

这时，爸爸开口了：“女儿，你尤努斯哥哥是个非常了不起的人。他的爸妈去世得早，所以他不得不辍学。但是，他没有放弃自己。通过努力，他积累了广博的知识。我想，世上很难再找到像他这样博学的人。”

说完，他转过头：“尤努斯，我相信你一定能通过考试的。不要让它成为你心里的遗憾。即使失败了也不要气馁，我们都会支持你的。”

这就是我一直苦苦寻找的答案！那就是“自学成才”。这正是乌萨尔·杜兰——萨米叔叔口中的懒小子——所需要的东西。见微知著，及时止损，一切都还来得及。尽管尤努斯哥哥年龄已经不小了，但他从未停止过学习的脚步。这么多年过去，他还在准备考试。乌萨尔·杜兰也应该这么做。我决定尽自己最大的努力去支持他，帮助他提升自我，以便他也能像尤努斯哥哥一样，通过自己的努力取得成就。只要有决心和恒心，自学的道路上总有无限的可能。

征得爸爸妈妈的同意后，我兴高采烈地回到自己的房间。客厅里，悠扬的乐器声和动人的歌声交织在一起，宛如一曲美妙的交响乐。我忍不住跟着节奏轻轻摇头晃脑，脸上洋溢着幸福的笑容。

100元
摇钱树
生命不息，
希望不止

“哎呀呀，你瞧，你瞧，这不就是那张承载着满满回忆的老照片嘛！多么温馨的画面啊！我还记得那天尤努斯来了，我们全家围坐在桌子旁，包了很多酿葡萄叶。看看，快堆成了小山了！尤努斯绘声绘色地跟我们分享他旅途中的奇闻异事，我们听得如痴如醉，简直比童话故事还引人入胜！多么美好的日子啊，真希望时光能倒流，让我们再多多相聚！这张照片上你几岁了？那个时候你太瘦了！再看看你哥哥，看你哥哥！时间过得真快，一切仿佛就发生在昨天。”每当看到这张照片，妈妈的眼中总是闪烁着光芒，忍不住感慨道，“岁月真是不饶人啊。”是啊，时光荏苒，岁月如梭。每当爸爸妈妈用满含深情的目光看向我，他们总会微笑着说：“你已经是个大姑娘了！”他们说得没错，我确实已经长大成人，开始独立面对生活的风风雨雨了。

这些年来，有些事情发生了翻天覆地的变化，而有些事情却像门口的那棵老槐树一样，任由岁月流转，依旧静静地守候在原地，从未改变。

我清清楚楚地记得，尤努斯哥哥拍下这张照片的时候，我正在准备中考。如今，高中的时光早已成为过眼云烟，就连大学生活也画上了句号。瞧瞧我，个子长高了，人也变得成熟稳重了。而我的爸爸妈妈呢，他们的鬓角多了几缕白发，脸上满是岁月的痕迹。姐姐和哥哥都步入了婚姻的殿堂。每次家庭聚会，家里都热闹非凡，笑声不断。

不过，说到我自己嘛，其实没什么变化。我还是那个对世界充满好奇心、一有闲空就爱捧起书本的小丫头。我心里装的梦想啊，还是像天上那些闪烁的星星一样，数也数不清。我说起话来，还是像机关枪一样，噼里啪啦说个不停。我还是喜欢一头扎进自己的小世界里，别人的心思我常常捉摸不透。

当清晨的第一缕阳光洒进房间时，我会准时起床。每天早上，我都要跑三公里，然后去店里开始忙碌的一天。对了，我可没按照妈妈的期望去当老师，也没听从爸爸的话去学医，更没有效仿哥哥去做警察，或是像姐姐们那样涉足其他领域。我心里很清楚我想要的是什么，并且我一直在为之奋斗。最终，他们也意识到了我的决心。

是的，我学了烹饪！这不仅是一门技艺，更是我对生活的热爱和追求。

还有一个好消息要告诉你——我开了一家属于自己的面包店！

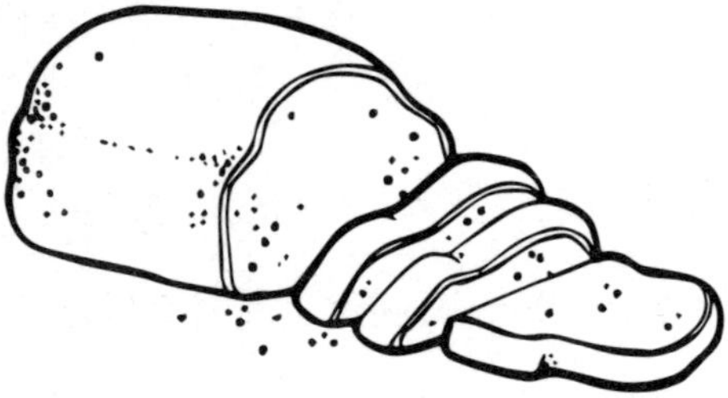

回首过往，大学四年的时光历历在目。那时的我，怀着一颗急切的心，渴望早日结束学业。从大一开始，我就

在一家餐馆开启了打工生涯。我一边钻研专业课程，一边努力学习意大利语，还要平衡好学业和工作，生活非常忙碌，但我从未想过放弃。我坚信，这一切都是值得的。为了梦想而奋斗，是一件多么美好的事情啊。

大学的最后一年，我和同学们组成了一支团队，参加了一个旨在为年轻人提供更多机会的创意项目竞赛。为此，我们倾注了全部的心血，废寝忘食地奋战了数日。最终，我们的努力得到了评审团的认可，他们把票投给了我们。那一刻，我们欢呼雀跃，激动得泪流满面。

这段经历让我更加坚信：

只要你全心全意地相信某件事情，并坚持不懈地为之付出努力，总有一天能够赢得他人的尊重，你的人生道路也会因此而豁然开朗。

在那场比赛中，我们的创意和激情得到了评委们的认可，这不仅为我们赢得了荣誉，更为我们提供了实现梦想的资金支持。凭借比赛主办方提供的部分资金以及我们

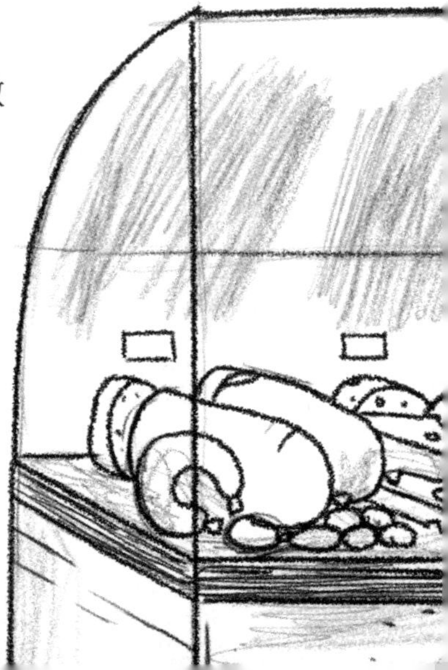

自己的积蓄，我们终于迈出了实现面包店梦想的第一步。

创业初期，我们白天忙碌于店内的日常运营，晚上睡在店铺的各个角落。后来，面包店逐渐步入正轨，我们不再需要整天守在店里。我们有了更多的时间和自由，可以去其他城市探索当地的美食文化。我的伴侣也是一个热爱旅行、学习和创新的人，我们分享着彼此对美食的热情和对生活的热爱。这种相互扶持、共同进步的关系让我感到非常幸运。

哦，我还想跟你说说我的伴侣呢。

有时候，我觉得很奇怪，他是我这辈子见过的最懒惰、最麻木、最固执的人，但也是我这辈子见过的最勤奋、执行力最强、最热爱旅行的人。

我亲眼所见，人是会变的……

萨米叔叔口中的“懒小子”大喊“帮帮我！”那天，你们还记得我那时的迷茫和无助吧。后来，我从爸爸对尤努斯哥哥说的一句话中找到了答案：自学成才。这四个字仿佛是一道曙光，照亮了前方的路。我妈妈说过，生命不息，希望不止。

温顺的杜兰，曾经被他的爸妈贴上“懒小子”的标签。但是，他终将自己独立面对生活的挑战。俗话说：“见微知著，及时止损。”于是，他开始了艰难的转变。我为他精心制订了学习计划，他也开始不懈努力。当他体验到读书、学习和生活的乐趣后，便沉浸其中，无法自拔。

我亲眼见证了乌萨尔·杜兰的涅槃重生。他如饥似渴地阅读各类书籍，对学习充满了渴望；常常泡在

图书馆、剧院、美术馆和博物馆中，聆听各种讲座。每天坚持步行一小时，他的生活变得丰富多彩。我不知道萨米叔叔想象中的孩子是什么样的，但乌萨尔·杜兰并不执着于实现他爸爸的梦想。我们一起加速走过了他未曾经历过的童年，他学会了滑雪橇、骑公路车、踢足球、游泳、投篮、弹吉他，甚至是和我一起捉迷藏。我们共同完成了他小时候想做的一百件事情，一同走南闯北、游历四方，体验生活的美好。当我大学毕业时，他以惊人的速度完成了高中的所有课程。

现在乌萨尔·杜兰一边在我的面包店里帮忙，一边为即将到来的高考紧张地做准备。他对经济学有着浓厚的兴趣。我觉得他在这方面很幸运，毕竟他是一个曾经在花园里种出了一棵摇钱树的人。难以想象，如果有一天经济学界迎来了这样一位特殊的经济学家，那将是怎样的一番景象！

说到那棵神奇的摇钱树，我们从未向外人提起过这个秘密。就算说了又有谁会相信呢？但我们始终珍藏着那张从树枝上摘下的钱叶子，并且将它精心装裱起来，挂在了面包店的墙上。

“这是我们的摇钱树。”乌萨尔·杜兰向投来好奇目光的顾客们介绍道。

我微笑着补充说：“不，我们的摇钱树其实是我们的梦想和努力，是我们用双手和智慧真正创造出来的财富。”

我们的面包店生意很好，每天的客人都络绎不绝。晚上，我的爸爸妈妈会来店里一起享用晚餐，一家人围坐在一起，分享着一天的喜怒哀乐。我们本希望萨米叔叔和阿姨也能住在附近，与我们分享这份温馨和快乐，但去年他们回老家了，在那里过上了他们梦寐以求的田园生活。我敢肯定，在那片富饶的土地上，萨米叔叔一定在每棵番茄下面都埋了一枚硬币，期待着种出摇钱树来。

哦，对了，我哥哥最近冒出了一个新念头——他想要转行，和志同道合的朋友一起经营鸡蛋生意。让他们去做吧！不过，在此之前，他觉得有必要先征得爸妈的同意。哥哥希望我帮他在爸妈面前说说情。晚上我会找个合适的时机，坐下来和他们好好聊聊。我会告诉他们，人生就像一场马拉松，我们不能总是在舒适区里徘徊，不能总是满足于现状，停滞不前。我们需要勇敢地跨出那一步，去追逐那些遥不可及的梦想。只要我们用心去做，用全部的精力去拼搏，就一定能够创造出属于自己的精彩。至于爸爸妈妈的态度，就不是我们可以预测的事情了……

100
摇钱树

作者出生于 1982 年，她仿佛永远都生活在长不大的童年里。

她最喜欢的事情：玩有趣的游戏，看童话故事书，发挥想象力编出一个又一个令人着迷的故事，在热闹的大街上漫步，还有做让大人火冒三丈的傻事……

让她烦恼的事情：糖果盒里所有巧克力都被吃光了，被强迫穿上内衣，思考问题的时候被叫去吃饭，任何人都可以制定荒谬的规则，所有权力都是大人的，大人永远是对的……

令她害怕的事物：四处乱窜的蟑螂和眉头紧锁的大人。

她的梦想：这可有一箩筐呢……

她的孩子：吐纳、梅特、纳美和她自己。

她喜欢的儿童读物：《脑洞大开的男孩》《狐狸传奇》《爷爷的杂货铺》《爷爷杂货铺的学徒》《辛戈》《小鸟的奇幻冒险》《夸张的灰尘》《哦，这个国家真美好》《我们》《我口袋里的橘子树》。